N&K

Eduardo Mendoza

DER WALFISCH

Roman

Aus dem Spanischen
von Stefanie Gerhold

Nagel & Kimche

DER WALFISCH

«UND WANN, WENN MAN FRAGEN DARF, kommt nun dieser Bischof Kuhkaff?», sagte Onkel Víctor.

Tante Conchita sah ihn mit wutfunkelnden Augen an und entgegnete, wenn er schon nicht den geringsten Respekt vor der Religion habe, dann solle er bitte wenigstens auf die Gefühle der Gläubigen Rücksicht nehmen; aber kaum hatte sie die Worte ausgesprochen, biss sie sich auf die Lippen, erhob sich von ihrem Platz in der Sofaecke, wo sie bei den Zusammenkünften der Familie immer saß, und spazierte durch den Salon, um ihre Nervosität zu überspielen, denn obwohl sie Onkel Víctor ihr Leben lang als einen Tölpel und Taugenichts angesehen hatte, fürchtete sie ihn seit einiger Zeit mehr als alles andere. Tante Conchita und Onkel Víctor waren Geschwister und auch Geschwister meines Vaters. Tante Conchita war die Älteste von sieben Kindern, neben den bereits Genannten gab es noch Onkel Antón, der nach Spanisch-Guinea ausgewandert war und mit Holz handelte, Onkel Francisco, «Fran», der ihn auf dem heimischen Markt vertrat, und zwei weitere, einen Jungen und ein Mädchen, die schon vor meiner Geburt gestorben waren und daher in meiner Erinnerung nicht vorhanden sind. Tante Conchita war mit Agustín Voralcamps, Onkel Agustín, verheiratet, einem dicken, kahlen, hässlichen und sehr reichen Mann, mit dem sie drei Kinder hatte: zwei Jungen in ungefähr meinem Alter und ein etwas jüngeres Mädchen. Onkel Víctor war Junggeselle geblieben, was nicht hieß, dass er ein Lotterleben führte, im Gegenteil: Er war unauffällig und ordentlich, ein sanftes Gemüt und keine große Leuchte. Er arbeitete nur halbtags in einer Briefmarkenhandlung, den Rest der Zeit hockte er seiner Schwester Conchita auf der Pelle, und zum Ausgleich dafür übertrug sie ihm alle möglichen Aufgaben und machte ihn, ob mit oder ohne Grund, in einem fort zur Schnecke, ohne sich um die Anwesenheit anderer Familienmitglieder zu scheren. Nur vor Fremden tat sie es nie, denn Familienangelegenheiten, fand sie, hatten in der Familie zu bleiben. Jede Einmischung von außen war Tante Conchita zuwider, selbst wenn sie unumgänglich war: An Juristen ließ sie allein Notare zu, und wenn ein Arzt in den geschützten Kreis der Familie vorgelassen werden musste, schärfte sie allen ein, dass nichts davon nach außen dringen durfte. Das alles machte die bevorstehende Ankunft von Bischof Kuhkaff, wie Onkel Víctor ihn im Scherz genannt hatte, noch spektakulärer und noch aufregender. Inzwischen büßte dieser für seine Respektlosigkeit mit demutsvollem Schweigen, errötet bis unter die Haarwurzeln, während seine Schwester, um ihrer Empörung und Erregtheit Luft zu machen, die unzähligen Nippsachen auf den Tischen und Konsolen des Salons zurechtschob.

Ihre Nervosität hatte folgenden Grund: In den letzten Monaten des Bürgerkriegs war Onkel Víctor, nachdem er zwei lange Jahre in einem Dorf im Hinterland mit Nichtstun verbracht hatte, festgenommen worden, wie und warum ist mir nicht bekannt, nur, dass man ihn nach Barcelona brachte und dort in ein Checa-Gefängnis sperrte. Die Bezeichnung «Checa» leitete sich, wie ich später erfuhr, aus dem russischen *Crezvitchainaia Komisia* ab, und obwohl ich nie verstanden habe, über welchen Lautwandel aus diesem Zungenbrecher das so bündige spanische «checa» geworden sein soll, hatten diese Gefängnisse tatsächlich einiges gemeinsam mit den politischen Gefängnissen in der Sowjetunion, sowohl was die Behandlung betraf als auch den dort waltenden Stab an Leuten, ob Russen oder Spanier, sie waren alle Mitglieder der Kommunistischen Partei und damit den direkten Weisungen Moskaus unterworfen. Diese Gefängnisse, von denen es über Barcelona verteilt mehrere gab, waren berüchtigt: Perfideste Foltermethoden, psychische wie physische, kamen dort zur Anwendung, und wer dann noch nicht gebrochen war, endete vor dem Erschießungskommando. So oder so kamen aus den «Checas» die wenigsten lebend heraus.

An so einen Schreckensort, in die Checa de la Tamarita, kam Onkel Víctor. Die Familie war außer sich vor Verzweiflung und scheute weder Anstrengung noch Geld und Risiko, um ihn zu befreien. Damals war Tante Conchita mit Onkel Agustín verlobt, und der hatte als Spross einer alteingesessenen katalanischen Familie sowohl bei den Nationalen als auch bei den Roten Verwandte und Freunde; über seine Kontakte kam die Familie an führende Republikaner heran, und nachdem man diese von der Unschuld Onkel Víctors überzeugt hatte, waren sie auch bereit einzuschreiten. Das dürfte so schwer nicht gewesen sein, denn Onkel Víctor war wie gesagt so tumb und träge, dass er es während des ganzen Krieges noch nicht einmal geschafft hatte, sich für eine der beiden gegnerischen Seiten klar zu entscheiden. Nach einer Woche ließ man ihn frei. Niemand brachte je aus ihm heraus, was er in der Haft erlebt oder was er dort gesehen hatte. Vermutlich hatte er nichts zu erzählen; er hatte in irgendeiner Ecke gesessen, und niemand hatte sich die Mühe gemacht, ihn zu verhören oder gar zu foltern. Wut oder Angst waren ihm fremde Regungen, und so verhielt er sich nach seiner Freilassung genauso unpolitisch wie vorher. Über so viel Laschheit war die Familie dann doch etwas enttäuscht, denn da man von den ganzen Jahren nur die Angst und die Entbehrungen in Erinnerung hatte, wäre man für einen Schuss Heldentum dankbar gewesen. Aber das war Nebensache: Onkel Víctor, den alle schon tot geglaubt hatten, war gerettet, und darüber war man natürlich froh. Nach dem Krieg sprach man den Vorfall nicht mehr an. Niemand wollte sich noch einmal in die Angst dieser einen schrecklichen Woche zurückversetzen, und vor allem wollte man dem Betroffenen selbst dies ersparen. Die Familie kam in stillem Einverständnis überein, die Sache auf sich beruhen zu lassen und ihm so die in der *Checa* erlittene Pein vergessen zu helfen. Dank der gemeinsamen Anstrengung und der Fügsamkeit Onkel Víctors fand das Leben bald zur Normalität zurück, zumindest dem Anschein nach.

Es kamen die Jahre des Kalten Kriegs, und obwohl Spanien politisch im Abseits und somit eigentlich fein raus war, war meine überängstliche Familie zutiefst besorgt, denn sollte es zwischen den Supermächten zum Atomkrieg kommen, so ihre Überzeugung, würde alles Leben auf der Erde ausgelöscht werden, das galt auch für das Ensanche-Viertel in Barcelona. Letztlich machte meiner Familie gar nicht so sehr der Gedanke an den Tod zu schaffen, dafür waren sie zu gläubig; hingegen hatten sie wirklich Angst davor, der Roten Armee in die Hände zu fallen, das waren laut der damaligen Propaganda bestialische Horden, getrieben von gnadenlosem Fanatismus und unvorstellbarer Grausamkeit. Damals ging das Gerücht um, dass die Kommunisten in ihren Straflagern psychiatrisch motivierte Operationen durchführten, die sogenannte Gehirnwäsche: Mit unmenschlichen Methoden pflanzten eigens dafür ausgebildete Spezialisten ihren wehrlosen Opfern eine Art Gehorsamkeitsmechanismus ins Gehirn ein, der später beliebig aktiviert werden konnte. Auf diese Weise stellten sie bedingungslose Spione und potentielle Greueltäter her, die um so gefährlicher waren, als sie selbst sich nicht erinnerten, manipuliert und zu wahren Zeitbomben gemacht worden zu sein. Selbstverständlich deutete niemand etwas in diese Richtung an, aber als die Sache mit der Gehirnwäsche durch die Presse ging und später zum Stoff von Horrorfilmen wurde, nistete sich bei unserer Familie gleich einer Larve, die ein Insekt bei einem arglosen Sommergast unter der Haut ablegt, der Verdacht ein, etwas in der Art könnte mit Onkel Víctor passiert sein, und auch wenn es niemand offen aussprach, da Familien mit engem Zusammenhalt sich alles Besorgniserregende durch Telepathie mitteilen, wuchs in den Verwandten die Überzeugung, dass Onkel Víctor bei seiner Haft in der Checa de la Tamarita einer Gehirnwäsche unterzogen worden war, was ihn jederzeit und an jedem Ort zur Bedrohung werden lassen konnte, es musste nur irgendwo ein Signal ausgesendet werden, wenn er nicht schon von vornherein so programmiert worden war, und aus dem antriebsärmsten Barcelonesen würde eine unaufhaltsame Tötungsmaschine. Von diesem Moment an war alles, was geschah oder geschehen war, nur ein weiteres Puzzlesteinchen in einem diabolischen und perfekten Plan: die augenscheinliche Willkür seiner Festnahme, der seltsame Umstand, dass man ihn nicht in ein normales Gefängnis, sondern in eine Checa gebracht hatte, obwohl diese Einrichtungen unbeugsamen politischen Gefangenen vorbehalten waren, die Kürze seiner Haft und seine einfache Befreiung, ganz zu schweigen von der angeborenen Dummheit Onkel Víctors, die nicht etwa allen Verdacht zerstreute, weil es als eher unwahrscheinlich gelten konnte, dass der Oberste Sowjet Zeit und Wissen eines Spezialisten für eine geistige Null vergeudete, anstatt seine Methoden an einem geeigneteren Individuum anzuwenden, nein, man vertrat die Ansicht, dass ausgerechnet Onkel Víctors geringe Hirnmasse ihn für die Operation prädestiniert hatte und dass er mit seinem unscheinbaren Wesen und seiner bescheidenen Anstellung in einer Briefmarkenhandlung von den Geheimdiensten unbemerkt bleiben würde, er konnte sich also in der Bevölkerung und selbst im Familienkreis unauffällig bewegen, bis er sich eines Tages in ein Monster verwandeln würde. Im Grunde machte es Tante Conchita nicht so viel aus, dass irgendein Verbrechen geschehen konnte, der entscheidende Punkt war für sie, dass es von ihrem eigenen Bruder ausgehen würde. Gleich zwei Dinge kämpften in ihr gegeneinander: Da war zum einen die Angst, eine menschliche Bombe zu Hause sitzen zu haben, und zum anderen die feste Überzeugung, dass sich so viel Böses nicht unverdient bei uns eingereiht haben konnte. Was ersteres betraf, bereute sie es schon jetzt, dass sie die ehrenvolle Verpflichtung angenommen und ein Quartier angeboten hatte für diesen Herren, den Onkel Víctor, womöglich schon als Hinweis auf die in irgendeiner Windung seines Hirns heranreifenden infernalischen Pläne, gerade als «Bischof Kuhkaff» verunglimpft hatte.

Der illustre Gast hieß in Wirklichkeit Fulgencio Putucás und war Bischof von San José de Quahuicha, der Hauptstadt des gleichnamigen Distrikts an der Grenze zweier, damals noch unter dem gemeinsamen Namen

Centroamérica geläufiger mittelamerikanischer Länder, und war zusammen mit Hunderten Bischöfen aus der ganzen Welt nach Barcelona gekommen, um am Eucharistischen Weltkongress teilzunehmen, der im Mai 1952 in unserer Stadt stattfand.

Im Vergleich zu anderen bedeutenden Ereignissen, vergangenen wie zukünftigen, rief der Eucharistische Weltkongress wenig Beachtung und Resonanz hervor, zumal in einer Zeit, in der sich die Berichterstattung auf Zeitungen und kurze Filmberichte beschränkte, und das auch nur innerhalb unserer Grenzen. Ganz im Sinne der Marienverehrung war es das erklärte Programm des Eucharistischen Weltkongresses, eine Botschaft der Liebe und Fürsorge über den christlichen Erdenkreis zu senden, denn die Tatsache, dass Seine Heiligkeit Papst Pius XII. das Großtreffen nach Barcelona gebracht hatte als Wiedergutmachung für die «erlittenen Opfer während des Kreuzzugs», bedeutete nicht, dass sich substantiell irgendetwas änderte. Immerhin erließ Franco, um seinen guten Willen zu zeigen und innere Stabilität zu demonstrieren, am Vorabend des Kongresses eine Amnestie, die vielen politischen Gefangenen die Freiheit schenkte und vom Heiligen Stuhl mit Wohlwollen zur Kenntnis genommen wurde. Auch die Beschränkungen in der Stromversorgung hörten auf, die Lebensmittelkarte verschwand, und weitgehend auch der Schwarzmarkt, außerdem wurde in der Stadt und an den Zufahrtsstraßen gebaut. Das war allerhand, denn für die

Barceloneser gehörten Übergangenwerden und Außenvorbleiben so zum Lebensgefühl, dass sie es schon als Ereignis empfanden, wenn sich überhaupt etwas tat. Balkone wurden geschmückt, Baudenkmäler angestrahlt, und die herbeiströmenden Gäste und der sich daraus ergebende Bedarf an allen möglichen Fremdenführern ließ die Menschen ihre Stadt mit anderen Augen sehen.

Meine Familie, die die Routine zur absolutistischen Herrscherin erhoben hatte, versetzte das alles in große Aufregung. Und das lag nicht nur an dem Trubel in der Stadt, sondern an der Eminenz, die in Kürze bei Tante Conchita über die Türschwelle treten und für ein paar Tage zum Dreh- und Angelpunkt unseres Leben werden sollte.

Es ist schwer zu sagen, wie viele Fremde genau zum Eucharistischen Weltkongress nach Barcelona kamen, denn die wenigen Zahlen, die es gibt, wurden vermutlich in propagandistischem Interesse gefälscht, doch auf jeden Fall waren es viele. Tausende Pfarrer und Nonnen reisten über Land, Wasser und Luft an, und aus dieser Menge stachen ob ihrer Würde und ihren auffallenden Gewändern die Bischöfe heraus, je entfernter und exotischer ihre Herkunft war, desto mehr: Einem australischen, asiatischen oder afrikanischen Bischof war ein Foto auf der Titelseite der Lokalpresse sicher. Aber so gern man sich auch mit der Gästeschar schmückte, für eine Stadt, die gerade erst vom Krieg wiederauferstand und kaum Mittel besaß, stellte die Unterbringung ein

Problem dar. Man baute Hotels, die religiösen Orden brachten ihre Mitglieder bei sich unter, und die städtischen und religiösen Oberen taten, was sie konnten, doch immer noch waren nicht alle Gäste versorgt, und so appellierte man schließlich an die Gastfreundschaft der Barceloneser. Und da Tante Conchita sehr fromm war und sich auf den Aufruf sofort meldete, und Onkel Agustín sehr einflussreich und seine Wohnung repräsentativ genug, um einen Kirchenfürsten zu beherbergen, wurde ihnen eine Obrigkeit aus fernen Landen zugewiesen. Wenn Tante Conchita im Stillen davon geträumt hatte, einen Kardinal oder zumindest einen bedeutenden Bischof bei sich aufzunehmen, dann verstand sie ihre Enttäuschung elegant zu überspielen, als sie erfuhr, dass das Los ihr einen Ordinarius zugespielt hatte, dessen Herkunftsort nicht nur einen unaussprechlichen Namen hatte, sondern so unbekannt war, dass wir ihn nur mit Hilfe einer Lupe im Atlas ausfindig machen konnten. Aber nun, ein Bischof, woher er auch kam, stand in direkter Verbindung zum Papst und war nach dem Pontifex maximus der höchste Repräsentant Gottes auf Erden. Außerdem war unser Bischof Lateinamerikaner, er würde wie wir Spanisch sprechen und hätte, was Hygiene und Ernährung betraf, dieselben Sitten. Ich will mir gar nicht vorstellen, sagte meine Tante, die bereits von «ihrem» Bischof sprach, ich will mir gar nicht vorstellen, wie es sein muss, einen Japaner oder einen Schwarzen im Haus zu haben. Jemanden, der so an seinen Gewohnheiten klammerte wie meine Tante, brachte es schon an die Grenzen, überhaupt einen Fremden bei sich aufzunehmen, noch dazu einen so ungewöhnlichen.

In den Wochen vor der Ankunft des illustren Gasts gab es viel zu besprechen, und die Familie wurde immer wieder zusammengerufen, allerdings wussten alle, dass sie nicht ernsthaft um Rat gefragt würden, sondern von ihnen nichts weiter erwartet wurde, als zu allen Plänen meiner Tante zu nicken, sie dafür zu bewundern, wie minutiös sie alles im voraus bedacht hatte, und sie für die Anstrengungen und den ungeheuerlichen Aufwand zu bemitleiden. Nach langem Hin und Her beschloss man, den Bischof im Gästezimmer unterzubringen, das geräumig war, gut belüftet und mit allem ausgestattet, was den Aufenthalt angenehm machte, und ihm nicht wie anfangs erwogen das Schlafzimmer zu überlassen, also das Schlafgemach meiner Tante und meines Onkels, wovon man wieder abgekommen war, weil man ihm die Atmosphäre ehelicher Intimität nicht zumuten wollte und meinte, dass es dem Prälaten vielleicht unangenehm wäre, in einem so großen Bett zu schlafen. Über das Gästebett hängte man ein einfaches Holzkreuz, und auf die Kommode stellte man eine Blumenvase, die man dann doch wieder wegnahm, weil man Pflanzen im selben Raum, in dem ein Mensch schläft, für unschicklich und ungesund erachtete. Neben Bettwäsche legte man einen Satz Handtücher und diverse Toilettenartikel bereit, inklusive Badeseife, Shampoo, Rasiercreme, Zahnpasta, Brillantine und Haarfestiger. Das Hauspersonal bekam genaueste Anweisungen. An Dienstboten gab es im Haus meiner Tante und meines Onkels eine Köchin mittleren Alters, die ein grobes Äußeres hatte, aber mit der es immer sehr lustig war, sie hieß Manifiesta, und ein junges Fräulein, sehr liebreizend und etwas einfältig, sie war die Nichte der Köchin und hieß mit Nachnamen Leres, und ich sah sie immer in der gleichen Aufmachung, mit Schürze, Ärmelaufschlägen und gestärktem Häubchen. Zu dieser festen Belegschaft, oder dem Körper des Hauses, wie man damals sagte, zählte noch ein Chauffeur, den ausschließlich mein Onkel für seine Geschäfte in Anspruch nahm, eine Stundenhilfe, eine Näherin und eine Büglerin, die einen Tag in der Woche kamen und deren Namen ich nicht wusste oder vergessen habe. Sie alle erhielten strikte Anweisungen.

Uns Kindern der Familie erteilte man ebenfalls Unterweisungen in feinem Benehmen und Protokoll. Wir Jungen mussten uns verbeugen und den Ring des Bischofs küssen, und die Mädchen mussten einen Knicks machen, also ein Knie beugen und mit beiden Händen den Rocksaum anheben. Wir durften nicht sprechen, wenn wir nicht gefragt wurden, und auf eine eventuelle Frage sollten wir laut und deutlich Antwort geben und immer die Anrede «Hochwürden» einfügen. Sollte sich Hochwürden allerdings volksnah geben und uns bitten, die Anrede sein zu lassen und ihn anders zu nennen, zum Beispiel Don Fulgencio, sollten wir dem Folge leisten und nicht in die alte Anrede zurückverfallen. An einer Tür hatten wir ihm den Vortritt zu lassen, aber wenn er uns andeutete, wir möchten doch bitte zuerst hindurchgehen, sollten wir dem unverzüglich nachkommen. Nicht mit dem Essen anfangen, bevor Hochwürden nicht zum Besteck gegriffen hatte, nicht mit vollem Mund reden und weder schmatzen noch mit offenem Mund kauen, sich vor dem Wassertrinken die Lippen mit der Serviette abtupfen, gefolgt von einem langen und vollkommen überflüssigen Etcetera, etcetera, denn dem vom Bischof von Barcelona herausgegebenen Veranstaltungsprogramm zufolge würde es kaum Gelegenheit geben, mit dem Bischof zusammen zu sein, vor allem für diejenigen von uns, die nicht bei Tante Conchita und Onkel Agustín wohnten und überhaupt nur dann etwas von der Anwesenheit des Bischofs hätten, wenn die Gastgeber uns einluden.

An diese zurückgesetzte Position waren wir gewöhnt, denn niemand aus der Familie konnte, was Vermögen und gesellschaftliche Stellung betraf, mit Tante Conchita und Onkel Agustín mithalten. Gut möglich, dass Onkel Antón es in Spanisch-Guinea zu einigem Reichtum gebracht hatte, aber er stand im Ruf eines Geflohenen, angeblich war er zu seinem Kolonialabenteuer nur aufgebrochen, weil ihn häusliche Probleme dazu getrieben hatten, allerdings erfuhr ich nie die genaueren Umstände, denn wenn darüber gesprochen wurde, dann nur andeutungsweise und in verklausulierten Worten, damit wir Kinder es nicht verstehen konnten. Bei seiner Abreise ließ er seine zwei Kinder und seine Frau in Barcelona zurück, Tante Eulalia, eine große, vollbusige Frau mit kräftiger Stimme, um die sich nun, genau wie um den Holzhandel seines Bruders, Onkel Fran kümmerte, der wie mein anderer Onkel Víctor Junggeselle war, ansonsten aber das genaue Gegenteil. Was meinen Vater angeht, was soll ich sagen. Er war eben der kleine Bruder, ein zartes Kind, gesundheitlich und seelisch nicht sehr robust. Er hatte eine tadellose Erziehung genossen, aus der er kein Kapital schlagen konnte oder wollte; das Ingenieurstudium gab er im zweiten Jahr auf, und nachdem er sich in mehreren Jobs versucht hatte, endete er als Gepäckmeister bei der spanischen Eisenbahngesellschaft Renfe, wo er sicherlich mehr durch den Einfluss der Familie als durch seine eigenen Verdienste hingekommen war und wo sein diskreter Alkoholismus weitgehend unbemerkt blieb. Seine Trinkgewohnheit, von der jeder wusste, war allerdings kein Grund, ihn nicht als Mitglied der Familie anzuerkennen und ihn nicht zu den gemeinsamen Feierlichkeiten einzuladen, zumal er, wenn er ein paar Gläser getrunken hatte, höchstens etwas unnahbar, aber niemals ausfällig wurde; im Gegenteil: Betrunken war er zurückhaltender als in nüchternem Zustand, und nur in einer Zwischenphase tanzte er gelegentlich etwas aus der Reihe, was sich sofort legte, wenn man ihm etwas zu trinken anbot. Meine Mutter ertrug die Situation mit freundlicher Gelassenheit:

Sie klagte nie, zumindest nicht vor anderen, und reagierte meistens belustigt über die komischen Ausreißer ihres Mannes. Jetzt wartete die ganze Familie auf Monseñor Putucás, Ordinarius von San José de Quahuicha, was wir Tante Conchitas Großherzigkeit zu verdanken hatten, die uns diesen feierlichen Moment nicht vorenthalten wollte, wobei sie sich vielleicht auch überlegt hatte, dass so ein Begrüßungskomitee das erste Zusammentreffen eines Fremden mit seinen Gastgebern etwas abfedern würde. Da wir wiederum auch nicht einfach dumm herumsitzen konnten, organisierte man eine kleine Willkommenszeremonie zum Empfang des Bischofs. Meine Tante hatte von der Konditorei Sacha in der Avenida Diagonal feine Häppchen kommen lassen, die aus der Küche hereingetragen werden sollten, und Tante Eulalia würde etwas singen. Tante Eulalia hatte eine hübsche und ausgebildete Stimme. Sie hatte Musik studiert und war in der Klasse von Conchita Badía gewesen, und eine Zeitlang hatte sie damit geliebäugelt, Sängerin zu werden: Ihr großer Traum war, im Liceo zu singen. Als sie Onkel Antón kennenlernte und ihm ihre Pläne unterbreitete, hatte er nichts dagegen einzuwenden. Später allerdings, als die beiden offiziell verlobt waren, bekam Onkel Antón den Druck der Familie zu spüren und stellte seine Braut vor die Wahl: Entweder ließ sie das Singen bleiben oder er würde die Verbindung lösen. Sie könne weiter Unterricht nehmen, wenn sie das glücklich mache, und auch gern im privaten Rahmen singen, aber nicht in der Öffentlichkeit und schon gar nicht auf einer Bühne. Eine Sängerin zu heiraten, oder gar eine Schauspielerin, kam für ihn nicht in Frage. Es war schon schlimm genug, sich auf eine Bühne zu stellen und dafür Geld zu nehmen, aber dann auch noch sich ins Schauspielermilieu zu begeben und die Garderobe mit irgendwelchen bestimmt nicht immer ganz untadeligen Frauen zu teilen, herumzutingeln, in Hotels zu nächtigen, in irgendwelchen Wirtshäusern zu essen und immer wieder für unbestimmte Zeit von zu Hause weg zu bleiben, das war ganz und gar undenkbar. Tante Eulalia verstand diese Einwände, sie sah ein, dass sie, wenn sie Onkel Antón oder einen ähnlich gutsituierten Mann aus ihrer Schicht heiraten wollte, ihre Karriere aufgeben musste. Sie war sehr tapfer. Am Anfang sang sie noch ein paar Mal bei Familientreffen, doch ihre Wehmut war so groß, dass sie sogar aufhörte, in die Oper zu gehen, um nicht daran erinnert zu werden, was sie aufgegeben hatte, und wenn sie zufällig im Radio eine bekannte Arie hörte, traten ihr Tränen in die Augen. Doch bald vergaß sie ihre Sehnsüchte, und sie musste ihrem Mann recht geben: Ein ausschweifendes Künstlerleben wäre mit den Pflichten einer Mutter und Ehefrau nicht zu vereinbaren gewesen. Und wenn sie in späteren Jahren zufällig früheren Studienkolleginnen begegnete, die dabei geblieben waren, sah sie sich in ihrer Entscheidung bestärkt. Die meisten hatten nach langen Jahren der Geldnot, Enttäuschungen und Demütigungen aufgegeben, und die eine oder zwei, die es tatsächlich zu einer bescheidenen Karriere gebracht hatten, sahen dem Schwinden ihres Könnens und einer unsicheren Zukunft entgegen, in der sie von ihrer Erinnerung an eine nicht sehr glanzvolle und unwiederbringlich verlorene Vergangenheit würden zehren müssen. Tante Eulalia dankte Gott, dass sie sich rechtzeitig besonnen hatte. Ich habe die Logik dieser Geschichte nie ganz verstanden, denn zu guter Letzt und zum Dank dafür, dass sie ihren Lebenstraum geopfert hatte, hatte sich ihr Mann, Onkel Antón, nach Spanisch-Guinea abgesetzt und sie mit ihren zwei Kindern in Barcelona sitzenlassen. Aber das ist eine andere Geschichte. Jetzt erst mal war das Klavier gestimmt worden, und Tante Eulalia, die noch immer ihre Stimme und ihre Technik pflegte, bereitete sich vor, um uns während oder nach dem Imbiss etwas vorzutragen, zunächst ein Stück aus dem *Ave Maria* von Gounod, danach ein katalanisches Volkslied und zum Abschluss die Hymne des Eucharistischen Weltkongresses, begleitet von ihren Nichten und Neffen. Gegen die Abschlussnummer erhoben wir Kinder Einspruch mit dem Argument, dass wir schon in der Schule ständig die Kongress-Hymne singen mussten, und jetzt auch noch alle zusammen zu Hause, das sei doch lächerlich und peinlich. Wir mussten Maßregelungen und Androhungen über uns ergehen lassen und beugten uns unter einer Bedingung: Wir würden die Kongress-Hymne singen, wenn die Erwachsenen mitsängen. Onkel Agustín sagte, das gäbe eine schöne Kakophonie, Onkel Fran pflichtete ihm bei, und am Ende setzten wir uns durch.

Seit zwei Stunden wartete die versammelte Familie nun schon auf Monseñor Putucás. Die Erwachsenen verbargen, so gut sie konnten, ihre Ungeduld, allerdings nicht wir Kinder, wir dachten nur an die in der Küche bereitstehenden Kanapees und Törtchen, und ebenso wenig mein Vater, den man mit ein paar Whiskys ruhigstellen musste, ganz zu schweigen von Tante Eulalia, die zur Öffnung ihrer Kehle unentwegt Kiekslaute von sich gab und ständig ins Badezimmer ging, um zu gurgeln, und eben Onkel Víctor, der es nicht länger aushielt und in den Raum rief: «Und wann, wenn man fragen darf, kommt nun dieser Bischof Kuhkaff?»

Ich glaube fast, dass mein Vater in einer seiner Übergangsphasen zwischen geistiger Helle und Benebelung auf diesen Spitznamen kam, ausgehend von dem für uns so nichtssagenden Herkunftsort des Bischofs. Es sollte noch viele Jahre dauern, bis die lateinamerikanischen Schriftsteller uns mit der ungewohnten Toponymie und Terminologie dieses Teils der Welt vertraut machen würden. Ganz sicher jedenfalls war er nicht auf Onkel Víctors Mist gewachsen; ich schließe nicht einmal aus, dass er in seiner Einfalt glaubte, der Prälat heiße wirklich so. Wie dem auch sei, allein die Erwähnung des Spitznamens regte uns Kinder zu einem ansteckenden Lachen an, das selbst Tante Conchitas wutfunkelnder Blick nicht unterbinden konnte.

«Da siehst du, was du mit deinen Albernheiten anrichtest», sagte sie und vergaß in dem Augenblick, dass sie ihren Vorwurf möglicherweise an einen unerbittlichen Schergen der Komintern richtete.

Gerade flaute das Lachen unter uns Kindern ab, da prustete auf einmal Manifiesta los, womit es kein Halten mehr gab und eine allgemeine Heiterkeit ausbrach, die noch immer andauerte, als das Schellen der Klingel die Ankunft des illustren Gasts ankündigte und mit ihm den Anfang der Geschichte, die ich hier erzählen möchte.

DER BISCHOF WAR EIN MANN unbestimmten Alters, womit man normalerweise einen älteren Herrn meint, der sich gut gehalten hat. Klein, stämmig, erdfarbener Teint, starrer Ausdruck. Er hatte ein breites Gesicht, kleine Augen, fleischige Lippen, eine gebogene Nase und dickes, glattes, schwarz glänzendes Haar. Um ehrlich zu sein, und das fiel selbst Tante Conchita sofort auf, machte der Bischof dem ihm vorauseilenden Spitznamen alle Ehre. Deshalb hätte sein Eintreten bei den Anwesenden wohl auch tiefe Enttäuschung ausgelöst, wäre da nicht seine prächtige Aufmachung gewesen: die Soutane und der schwarze Umhang mit den violetten Einfassungen, passend zur Knopfreihe und dem Scheitelkäppchen, der Schärpe und den Handschuhen, ganz zu schweigen von dem an einer Kette hängenden silbernen Bischofskreuz. Es war, als wäre eine Figur eines alten Gemäldes in den Raum getreten, die sich auf wundersame Weise von der Leinwand gelöst hatte und sich, nachdem sie Jahrhunderte lang in einem Museumssaal gehangen hatte, mit eckigen, vorsichtigen Bewegungen in die Welt der Lebenden wagte. Jetzt stand die seltsame Erscheinung mitten im Zimmer, mit glasigem Blick, die eine Hand leicht erhoben und die andere auf der Brust. Einen Moment lang war der versammelte Familienkreis wie benommen, als würden wir nur darauf warten, dass die Puppe jeden Moment auseinanderfallen würde, bis Tante Conchita, vollkommen von diesem Anblick vereinnahmt, aus unseren Reihen heraustrat, zu dem Bischof ging, mit einem Knie den Boden berührte und voller Inbrunst den Ring küsste, woraufhin durch das Bildnis ein Ruck fuhr.

«Bitte, Señora», flüsterte er mit eigenartigem Akzent, «stehen Sie auf.»

«Hochwürden», flüsterte meine verwirrte Tante, «bitte, segnen Sie dieses Haus mitsamt den darin wohnenden Menschen.»

«Verzeihung, Señora, was soll er tun?»

Gänzlich unbemerkt war hinter dem Bischof ein junger Priester ins Zimmer gekommen, groß, rank, gutaussehend, mit einer goldumrandeten Brille, die einen intelligenten, leicht spöttischen Blick rahmte, und dieser Mann nahm nun Tante Conchita sanft am Arm, zog sie hoch und sagte laut und für uns alle vernehmlich: «Wenn

Sie entschuldigen, Monseñor Putucás ist müde. Gleich nach seiner Ankunft mit dem Schiff hatte er ein Treffen mit dem Bischof von Barcelona und anderen Prälaten, und im Anschluss noch eine Sitzung, bei der alles mögliche Organisatorische besprochen wurde. Vielleicht wäre es besser», fügte er hinzu und senkte die Lider, «wenn Sie ihn gleich auf sein Zimmer führen könnten, soweit es bereit ist, damit er sich ausruhen kann. Morgen erwartet ihn ein langer Tag.»

Die friedliche Reglosigkeit des illustren Gasts und die sanfte Stimme seines Begleiters hatten uns alle sprachlos gemacht. Tante Conchita fand zu den Worten: «Selbstverständlich, Hochwürden. Sofort... Ich hoffe sehr, dass er mit dem Zimmer, das wir ihm hergerichtet...»

«Oh, machen Sie sich keine Sorgen», schnitt der süßliche Begleiter ihr das Wort ab, «Monseñor Putucás ist das asketische Leben gewohnt und möchte im Augenblick einfach nur schlafen. Auf unserem Weg hierher hat er mich wissen lassen, dass er keinen Hunger hat; im Bistum hat man Hochwürden eine kleine Stärkung serviert. Er möchte höchstens kurz ins Badezimmer und sich dann hinlegen, mehr nicht. Vielen Dank.»

Mit dieser unzweideutigen Aussage führte er den Bischof hinter Tante Conchita und der Leres in den hinteren Flur, und wir blieben fassungslos zurück; niemand erlaubte sich einen Kommentar, bis Onkel Víctor mit dem gesunden Menschenverstand des Narren fragte, was nun mit dem Imbiss geschehen würde. Onkel Agustín griff die Anregung dankbar auf, endlich hatte er in seinem Haus wieder das Sagen, und befahl, dass wir uns alle in die Küche begeben sollten, wo die Häppchen und Törtchen waren, auf diese Weise störten wir auch nicht die Ruhe im hinteren Teil der Wohnung, wo die Schlafzimmer lagen. Unverzüglich führten wir den Befehl aus, wir schlangen alles in uns hinein, und dann ging jeder nach Hause.

In den nächsten Tagen nach dieser ersten wenig erbaulichen Begegnung sahen wir Monseñor Putucás bei unterschiedlichen Gelegenheiten, allerdings nur von weitem inmitten anderer Bischöfe und umgeben von einer Traube aus Priestern, Mönchen, Nonnen und Gläubigen aller Art, bei den großen Messen erschien er im prächtigen Gewand, bei den kollektiven Beichten in Chorhemd und Stola, und einmal, was uns in unvergesslicher Erinnerung blieb, kam er mit Mantel, Stab und Mitra bei der großen Prozession durch das Stadtzentrum anlässlich der Ankunft von Kardinal Tedeschini, den Seine Heiligkeit der Papst zum Eucharistischen Weltkongress nach Barcelona entsandt hatte.

Unter den Freunden und Bekannten der Familie fand sich immer jemand mit einer Wohnung oder einem Büro, von dessen Balkon aus man den Veranstaltungen beiwohnen konnte, ohne sich in die Menge begeben zu müssen, man konnte sich auch zwischendurch ausruhen, und die jeweiligen Gastgeber boten immer etwas zu essen und zu trinken an, womit der Kongress, der doch eigentlich Frömmigkeit, Gebet und Buße fördern sollte, für uns zu einem Dauerfest wurde, eine willkommene Gelegenheit, unsere neuen Kleider vorzuführen und spät ins Bett zu gehen.

Monseñor Tedeschini war in den unruhigen Jahren vor dem Bürgerkrieg Botschafter des Vatikans in Spanien gewesen. Den einstigen Feind der republikanischen Regierung hatte Papst Pius XII. nun als Zeichen der Versöhnung oder als Zeichen der Macht, das konnte man so oder so sehen, nach Barcelona geschickt, wo er nun in tiefer Andacht die Monstranz durch die Straßen führte. Die ganze Familie, die Jüngsten noch mit Kakaobart, stand zusammengedrängt auf einem Balkon und blickte auf den endlosen Zug aus kirchlichen, zivilen und militärischen Würdenträgern, der angeführt war von einer prachtvollen Kutsche, darin das berühmte Tabernakel von Arfe, das man eigens zu diesem Anlass aus Toledo hergebracht hatte, ein imposantes, mehrere Meter hohes, fein ziseliertes Kunstwerk, in dem fünfzehn Kilo Gold und fast dreihundert Kilo Silber verarbeitet waren, wie in den Zeitungen zu lesen war, über und über verziert mit Edelsteinen und unzähligen Figuren, und mit auf der Kutsche, vor dem Tabernakel mit dem Allerheiligsten in seiner Mitte, stand Kardinal Tedeschini, in Weiß gekleidet, alt und mager, wie ein treues Abbild Pius' XII., und nahm den Jubel der auf der ganzen Strecke verteilten Menschenmenge entgegen, die aus voller

Kehle die Hymne des Eucharistischen Weltkongresses sang. Hinter der Kutsche drängte sich ein dichtes Gefolge von Bischöfen aus der ganzen Welt, und mit einiger Anstrengung entdeckten wir auch voller Stolz den unseren, in sich gekehrt, beinahe verklärt, und damit waren seine Unzugänglichkeit und sein Terrakottagesicht vergessen und wir fühlten uns für einen kurzen Moment unseres elendigen Erdendaseins enthoben.

Später erzählte Tante Conchita, oder sie soll erzählt haben, dass sie und ihr Mann und ihre Kinder durchaus etwas von Monseñor Putucás gehabt hätten, wenn er nach einem langen Tag nach Hause gekommen sei, wäre er ganz für sie da gewesen. Natürlich war Monseñor Putucás an seinem Feierabend sehr erschöpft von den vielen Stunden im Priesteramt und vor allem von den Emotionen, die die inbrünstige Verehrung der Bevölkerung freisetzten. Trotzdem raffte Monseñor Putucás sich auf, seine Dankbarkeit zu zeigen, er hatte ein Lob übrig für jeden, der an diesem vorbildlichen Heim (so seine Worte) Anteil hatte, äußerte seine Zufriedenheit über den guten Verlauf des Kongresses und tauschte sich sogar noch mit Onkel Agustín über grundlegende Themen aus.

An einem Abend kam der Bischof früher nach Hause als gedacht, was dem Veranstaltungsplan auch zu entnehmen gewesen wäre, nur hatte man bei dem Trubel versäumt, einen Blick hineinzuwerfen, und so traf er Tante Conchita allein mit den Dienstboten an, ihr Mann und die Kinder wurden erst zum Abendessen erwartet. Wie Tante Conchita nun mit dem Bischof allein war, bat sie ihn, sich kurz mit ihr in den Salon zu setzen, sie gab den Dienstboten Bescheid, dass sie unter keinen Umständen gestört werden wollte, dann schloss sie die Türen und bat ihren illustren Gast, er möge so gut sein und ihr die Beichte abnehmen. Der Bischof zeigte sich über diesen unerwarteten Wunsch zunächst etwas irritiert, doch er begriff, dass er meiner Tante bei den ganzen Umständen, die sie seinetwillen auf sich nahm, ihre Bitte schlecht abschlagen konnte, und willigte ein, er holte aus seinem Zimmer die Stola, setzte sich in einen Sessel und ließ meine Tante sich neben die Sessellehne knien und die festgelegten Worte flüstern. Als er bemerkte, dass die fromme Frau plötzlich verzagte, brummte er ein ermunterndes «Na los.»

Meine Tante hatte nicht viele Sünden zu beichten, um nicht zu sagen, gar keine. Verlockungen des Fleisches gab es in ihrem Leben nicht, ebenso wenig unterlag sie den Versuchungen von Habgier und Völlerei, sie war weder jähzornig noch über die Maßen hochmütig, verabscheute Lügen und hielt sich sklavisch an die Glaubensregeln, an Fastenzeit und Gebote. Tiefergehende Sünden hätten eines Analyseinstrumentariums bedurft, das meiner Tante nicht gegeben war. Abgesehen von einigen Schwächen, die zuzugeben ihr schwerfiel, weil das ihre kindliche Selbstliebe kränkte, trieb sie nur eine echte Sorge um, nämlich dass sie an der Ungerechtigkeit in der Welt einen Anteil trug. Die Evangelien mit ihren Schmähungen gegen die Reichen, und zu denen rechnete sie sich in der Stunde ihres Schuldbekenntnisses, stellten sie vor die quälende Frage, ob ihre Seele gerettet werden würde. «Jesus Christus sagte, eher geht ein Kamel durch ein Nadelöhr. Hochwürden, wie soll ich das verstehen?»

Der Bischof war kurzzeitig eingenickt, und die Frage brachte ihn in Verlegenheit. Nachdem er eine Weile nachgedacht hatte, räusperte er sich und sagte: «Als Metapher, meine Tochter.»

Die Antwort stieß Tante Conchita ein wenig vor den Kopf, doch dann sagte sie sich, dass der Bischof von Quahuicha eben seine ungebildete Indiogemeinde gewöhnt war. Dass er sie allerdings ohne einen Unterschied zu machen mit derselben paternalistischen Herablassung behandelte, nahm sie ihm übel, doch sie schob seine Entgleisung auf seine Müdigkeit und fuhr fort: «Ja, Hochwürden, aber Jesus hat uns auch befohlen, unsere Reichtümer zu verkaufen und das Geld unter den Armen zu verteilen. Sollte ich das tun?»

Der Bischof ließ sich mit dem Nachdenken Zeit, er sprach fürchterlich langsam. «Sieh, meine Tochter, tatsächlich kannst du über das Vermögen der Familie ohne die Zustimmung deines Gatten gar nicht verfügen.»

«Hochwürden», sagte meine Tante mit einem Hauch Ungeduld in der Stimme, «das ist wahr, in Katalonien wird die Ehe nach dem Prinzip der Gütertrennung geschlossen, wenn es keinen anders lautenden Vertrag gibt. Das Vermögen der Familie gehört allein meinem Mann: Er verdient das Geld; ich verwalte es, aber ich bin eine arme Hausfrau. Außerdem haben wir zwar ein komfortables Leben, aber wir sind keine reichen Leute. Wir sind nur vergleichsweise reich, nicht im Absoluten. Selbst wenn wir wollten, könnten wir wenig tun, um die Bedürftigkeit und Armut um uns herum zu lindern. Außerdem müssen wir an die Zukunft denken und für die Erziehung unserer Kinder aufkommen. Das alles weiß ich doch.»

Mit diesen Überlegungen hatte sie schon oft ihre Angst vor ewigen Höllenqualen zu beschwichtigen versucht. Aber ein letzter Zweifel blieb, der ihr in manchen Nächten den Schlaf raubte und den sie ihrem Beichtvater nie eröffnet hatte, da sie ihn für keinen sehr tiefschürfenden Geist hielt. Jetzt war der Moment gekommen, die Frage zu klären.

«Aber eine Sache, Hochwürden, könnte ich tun.»

«Und die wäre, meine Tochter?», fragte der Bischof.

Ohne zu antworten stand Tante Conchita unter Zuhilfenahme der Lehne auf, strich sich den Rock glatt und sagte: «Hochwürden, ich möchte Ihnen etwas zeigen. Aber ich darf Sie daran erinnern, dass das Bußsakrament noch nicht abgeschlossen ist, obwohl wir unsere Plätze verlassen haben, und das Beichtgeheimnis weiterhin gilt.»

Das nun brachte den Bischof ins Stutzen, aber da er

es nicht wagte, seiner Gastgeberin zu widersprechen, stand auch er auf und folgte ihr ans andere Ende des Salons. Tante Conchita prüfte, ob auch wirklich alle Türen geschlossen waren, dann näherte sie sich einem an der Wand hängenden Bild, sie fuhr mit der Hand an der unteren Kante des vergoldeten Rahmens entlang, löste eine Feder, das Bild drehte sich in einem Scharnier, und zum Vorschein kam ein in die Wand eingelassener Tresor. Vor den staunenden Augen des Gasts stellte sie an dem Rad die Kombination ein, legte den Hebel um und öffnete die Tür des Tresors. Darin lagen diverse Dokumentenmappen und Etuis in verschiedenen Größen. Tante Conchita holte eine Schmuckschatulle aus Caoba-Holz heraus, öffnete den Verschluss, hob den Deckel an und zeigte dem Bischof den Inhalt.

«Sehen Sie, Hochwürden. Diese Halskette gehörte meiner Mutter. Diese Perlenohrringe stammen ebenfalls von meiner Mutter, die sie wiederum von meiner Großmutter geerbt hatte und diese von meiner Urgroßmutter: Sie gehen von Mutter zu Tochter, wie man so schön sagt. Diesen Ring hat mir mein Mann geschenkt, als unser Ältester geboren wurde... Na schön, ich will Sie nicht weiter mit der Geschichte jedes dieser Stücke langweilen. Ich erzähle Ihnen das alles nur, damit Sie sehen, dass jedes von ihnen mit einem wichtigen Moment in meinem Leben verbunden ist: der Geburt eines Kindes, dem Andenken an meine Mutter...»

«Ja, das habe ich begriffen, aber ich verstehe nicht...»

«Warum ich Ihnen das alles zeige?», sagte meine Tante, während sie das Schmuckkästchen zuklappte und in den Tresor zurückstellte. «Ganz einfach, Hochwürden. Hin und wieder frage ich mich, ob ich diese Schmuckstücke nicht verkaufen und den Erlös für wohltätige Zwecke spenden sollte.»

«Den Armen geben?», fragte der Bischof, als wäre er noch nie auf die Idee gekommen, etwas für die Benachteiligten auf dieser Welt zu tun. «Wozu?»

«Um ihre Not zu lindern. Damit sie die Dinge kaufen können, die sie brauchen. So wie es im Evangelium geschrieben steht: Macht euch Freunde mit dem ungerechten Mammon, damit, wenn er zu Ende geht, sie euch aufnehmen in die ewigen Hütten.»

«Ach, du liebes bisschen, das sagt das Evangelium?»

«Ich bin davon ausgegangen, dass Sie, Hochwürden, die Stelle kennen. Das ist das Gleichnis vom klugen Verwalter.»

«Da muss ich passen, Señora. Aber ich glaube, Sie sollten den Tresor schließen, ehe noch jemand hereinkommt und weiß Gott was denkt.»

Meine Tante tat, was der Bischof ihr riet, und sagte: «Über das Dienstpersonal brauchen Sie sich keine Gedanken zu machen. Sie wissen von der Existenz des Tresors hinter dem Bild, aber sie können ihn nicht öffnen. Außerdem kann man ihnen vertrauen. Aber wie stehen Sie zu der moralischen Frage, Hochwürden? Soll ich meinen Schmuck verkaufen?»

Der überforderte Bischof machte ein paar Schritte über den Teppich. Dann breitete er die Arme aus und verkündete: «Nie habe ich mir eine derartige Frage gestellt, Señora, ich weiß nicht, was ich Ihnen antworten soll. Aber eine Sache möchte ich Ihnen aus meiner bescheidenen Erfahrung mitgeben. Diese Schmuckstücke sind für Sie von großem persönlichen Wert, das macht sie, über ihren materiellen Wert hinaus, für Sie so kostbar. Diese Ohrringe zum Beispiel, die von einer Generation an die nächste weitergegeben werden, die können Sie doch nicht verkaufen, jetzt sind es Ihre, aber im Grunde verwahren Sie sie nur, um sie eines fernen Tages Ihrer Tochter zu vermachen, und immer so fort. Und andere Stücke versinnbildlichen die großen Stunden in Ihrem Leben: die Geburt eines Kindes, was gibt es mehr? Und obendrauf kommt der materielle Wert dieser Juwelen. Sieh, meine Tochter, in der Weltgegend, aus der ich komme, findet man gelegentlich Edelsteine. Rubine, Amethyste, Opale. Sehr selten. Aber wenn ein Landarbeiter, der tagaus tagein auf den Feldern schuftet, einen solchen Stein findet, blickt er zum Himmel auf und dankt der Schutzheiligen von Quahuicha, denn mit diesem Geschenk, das die heilige Muttergottes ihm gemacht hat, wird er seine Schulden bezahlen können, beziehungsweise er und seine Familie werden eine Zeitlang nicht hungern müssen. Und dann kommen die, die die Steine bearbeiten und sie so schön zum Funkeln bringen. Schmuckstücke bedeuten den Menschen etwas;

man darf sie nicht einfach weggeben, nur weil man mit seinem Gewissen nicht im Reinen ist. Señora, ich habe von Spanien noch nichts gesehen, selbst von Barcelona nicht, ich bin seit meiner Ankunft unentwegt beschäftigt. Sicher gibt es auch hier Armut. Aber ich bin mir sicher, der Ärmste hier ist reich im Vergleich zu einem Armen in meinem Land. Hören Sie auf mich, Señora, behalten Sie, was Gott Ihnen gab, und lassen Sie diesen albernen Gedanken sein. Von allen anderen Sünden erteile ich Ihnen hiermit die Absolution, und jetzt, wenn Sie gestatten, werde ich mich vor dem Abendessen noch ein wenig ausruhen, der Fußmarsch heute hat mich erledigt.»

Nachdem meine Tante viel über die Bedeutung dieser Belehrung nachgedacht hatte und sich natürlich weigerte, in ihnen das Zeugnis einer ziemlich lockeren Moral zu sehen, kam sie zu dem Schluss, dass Bischof Putucás' Worte sie dazu anhielten, alles zu belassen, wie es war, und so tat sie es.

BIS DER EUCHARISTISCHE WELTKONGRESS zu Ende ging, sahen wir noch bei diversen Veranstaltungen zu, bei denen ich unseren Bischof mehrmals im Einsatz erlebte. Wenn ich auf diese besonderen Tage zurückblicke, finde ich es schon auffällig, dass meine Familie bei aller Frömmigkeit und Begeisterung für das so bedeutende

Ereignis nie an einer der Veranstaltungen teilnahm. Weder an den Prozessionen noch an den kollektiven Beichten, noch an den Messen unter freiem Himmel. Immer standen wir dichtgedrängt auf einem Balkon und aßen Kuchen. Zwar sah ich des Öfteren Tränen über die gepuderten Wangen meiner Tanten laufen, und sogar die Herren, die so ungern Gefühle zeigten, bekamen manchmal feuchte Augen, dennoch wäre niemand auch nur auf die Idee gekommen, sich aus dem Verband zu lösen und zu der Menge hinüberzuwechseln, und schuld daran war nicht der Dünkel, sich zum Volk zu gesellen bedeute, sich auf dessen Niveau zu begeben oder irgend so ein Unsinn, sondern die Urangst eines jeden Sippenmitglieds, die eigene Bastion zu verlassen. Doch dabei begingen wir einen Denkfehler, der weder mir noch sonst wem aus der Familie auffiel: Wir meinten, nur weil die Stimmung von der Menge auf uns überging, würden wir schon zum Erfolg der Veranstaltung beitragen. Denn in der Tat lief alles bestens, das bis ins Kleinste ausgearbeitete Programm wurde auf die Minute eingehalten, ohne dass deshalb jegliche Spontaneität und Frische verlorengegangen wären. Erst am Ende, und ausgerechnet in unserem so gut gehüteten Kreis, kam es zu einer jähen und katastrophalen Wendung.

Ich wurde direkt Zeuge des Geschehens, meine mich anbetende Schulkameradin María hatte mich wieder einmal mit einer flehenden Rede aufgehalten, so dass ich später als üblich aus dem Schulgebäude kam, wo meine

Mutter bereits auf mich wartete, um mit mir zu Tante Conchita zu gehen, denn am folgenden Tag, an dem der Eucharistische Weltkongress zu Ende gehen würde, würde Bischof Putacás in seine Diözese nach Quahuicha zurückkehren, und zu diesem Anlass gab die Familie für ihn ein kleines Abschiedsfest.

Wir kamen als letzte. Die ganze Familie war im Salon versammelt wie an dem Tag der Ankunft des Bischofs. In Wirklichkeit lagen die beiden Ereignisse nicht weit auseinander, aber wir hatten die Tage so intensiv erlebt, dass sie uns vorkamen wie eine lange Zeitspanne. Allerdings spürten wir sofort, dass diesmal nicht wie am ersten Tag freudige Erwartung herrschte, sondern eine merkwürdige Stille. Meine Mutter fragte die Leres, ob etwas passiert sei, und das arme Kind nickte nur.

Auf dem Salon lastete betretenes Schweigen. Onkel Fran kam auf uns zu, zog uns in eine Ecke und klärte uns im Flüsterton darüber auf, was geschehen war. Gegen sechs Uhr abends, spanische Zeit, sei die Nachricht eingetroffen, dass in den frühen Morgenstunden, Ortszeit, im Land des Bischofs eine Revolution ausgebrochen sei. Wegen der schwierigen Kommunikation und der Zeitverschiebung waren die Meldungen widersprüchlich und bruchstückhaft; das Land war so klein, dass die Zeitungen und Nachrichtenagenturen dort keine Korrespondenten hatten, weshalb man die Meldungen aus Mexiko und Havanna abwarten musste, wo man allerdings auch nicht viel wusste. Offenbar hatte die Armee oder hatten

Teile der Armee einen Putsch verübt und eine Militärjunta gebildet. Von bewaffnetem Widerstand war die Rede und von einer ungewissen Anzahl von Toten. Gewissheit gab es nur eine: Der Bischof konnte nicht in sein Land zurückkehren. «Wie es aussieht», sagte Onkel Fran, «hat die Militärjunta wegen seines Engagements für die Armen ein Kopfgeld auf ihn ausgesetzt.»

Fürs Erste lag der teure Kopf sicher hinter den wulstigen Händen des Bischofs, der auf diese Weise seinen Kummer kundtat. Es erregte mich so sehr, mit einem zum Tod Verurteilten im selben Raum zu sein, dass ich seine Nähe suchte und ihn murmeln hörte: «Mein armes Land! Mein armes, elendes Land!» Dann stieß er einen tiefen Seufzer aus und führte seine Klage fort: «Und ich hier, ohne Geld und ohne Kleidung! Was soll nun aus mir werden?» Mehr konnte ich nicht hören, weil meine Mutter mich am Ärmel zog und mich wieder zu meinen Cousinen und Cousins in die Ecke schob.

Nach einer Weile befand Onkel Agustín, dass es genug sci und man nicht den ganzen Abend starr herumsitzen könne, er stand also auf, trat zu dem verzweifelten Bischof, legte ihm die Hand auf die Schulter und sagte zu ihm mit lauter, klarer Stimme, dass er das Geschehene sehr bedaure, dass wir alle dagegen machtlos seien, er sich aber über seine persönliche Lage keine Sorgen zu machen brauche: Dieses Haus sei auch sein Haus, und er könne so lange bleiben, bis die Dinge sich auf die eine oder andere Weise gelöst haben würden.

Dieser letzte Zusatz verriet Onkel Agustíns Beunruhigung und barg die indirekte Aufforderung, dass man unabhängig vom weiteren Verlauf der Ereignisse irgendeinen Ausweg aus der derzeitigen Lage finden musste. Ganz offensichtlich hatte Onkel Agustín nicht vor, den Bischof als Dauergast bei sich unterzubringen. Doch in dem Augenblick sahen der Bischof und auch wir übrigen Anwesenden vor allem den in seiner Geste liegenden Großmut. Der Betroffene nuschelte als Ausdruck seiner Dankbarkeit irgendetwas Unverständliches, und wir übrigen raunten bewundernden Beifall.

Aber wie Onkel Agustín vorausgesehen hatte, waren die Dinge nicht so einfach. Nachdem der Kongress vorbei war, beeilte sich die Stadt, wieder zur Normalität zurückzukehren, die religiösen Festlichkeiten hatten, so sehr sie spirituell und langfristig wohl auch materiell bereichernd gewesen sein mochten, das öffentliche Leben und auch den Alltag der Bewohner weitgehend zum Stillstand gebracht, die Auswirkungen bekam man bereits zu spüren. Im Nu verschwanden Lichtstrahler, Fahnen und Schmuck, und auch die eigens errichteten Tribünen wurden rasch abgebaut, denn sie waren nun für Fahrzeuge und Fußgänger ein Verkehrshindernis. Die Leute gingen eifrig ihrer Arbeit nach, und in den Schulen galt wieder der reguläre Stundenplan, mit der zusätzlichen Auflage, die versäumten Stunden aufzuholen und nach so viel moralischer Erbauung und Predigten wieder auf den Boden der Tatsachen zu kommen.

Nach ein paar Tagen, wir saßen gerade beim Abendessen, ließ sich mein Vater, der bei Tante Conchita gewesen war, um ihr unsere bescheidene Hilfe anzubieten, über den Fortgang der Dinge aus.

Wie sich von Anfang an abgezeichnet hatte, verfolgte die Militärjunta gnadenlos alle Personen aus dem Umfeld der gestürzten Regierung, zu denen auch unser Bischof gehörte, aufgrund seines Amtes und, wie Onkel Fran uns gesagt hatte, seiner politischen Überzeugung. Außerdem hatte der Bischof von Barcelona, den Seine Heiligkeit der Papst nach dem Erfolg des Eucharistischen Weltkongresses in den Rang eines Erzbischofs erhoben hatte, Onkel Agustín unumwunden erklärt, dass er weder für die Unterbringung noch für den Unterhalt von Bischof Putucás aufkommen könne, da die Kassen der Erzdiözese nach der Organisation des Kongresses leer seien. Auch die Stadtverwaltung habe ihr Bedauern erklärt, berichtete mein Vater weiter, denn die mit dem Aufenthalt der vielen Gäste verbundenen zusätzlichen Kosten würden spürbar zu Buche schlagen. Fürs Erste war die Angelegenheit an das Außenministerium und an das Innenministerium weitergeleitet worden, solange nicht geklärt sein würde, welche der beiden Institutionen für den Fall zuständig war, worüber letztlich der Regierungschef zu befinden hatte, der nach seinem mehrtägigen Aufenthalt in Katalonien nach Madrid in seinen Wohnsitz El Pardo zurückgekehrt war.

Noch während die Verhandlungen liefen, überschlugen sich die Ereignisse. Im Land des Bischofs hatte die Junta die Lage unter Kontrolle gebracht, und sobald wieder Ruhe eingekehrt war, legte sie ihre Motive und Absichten dar. Man habe sich zu dem Staatsstreich entschlossen, um die unter der Vorgängerregierung überhandnehmende Unordnung und Korruption zu beenden sowie um den voranschreitenden Kommunismus aufzuhalten, zu dem besagtes Regime sich in zunehmendem Maße bekannt habe, aus diesem Grund habe man auch die Anführer exekutiert. Die Junta kehre nun wieder auf den Weg zur Demokratie zurück, die Verfassungsrechte seien für alle Bürger gewährleistet, alle internationalen Verträge würden eingehalten, und demnächst werde man freie Wahlen abhalten. Mit dieser Haltung gewann die neue Regierung die Anerkennung der spanischen Regierung, später auch der US-amerikanischen und, selbstredend nicht ohne Vorbehalte, aller westlichen Regierungen.

Die Nachricht war für Tante Conchita und Onkel Agustín eine kalte Dusche, damit war nicht nur ausgeschlossen, dass Spanien dem Bischof Asyl gewähren würde, man würde keine Verstimmungen mit der Regierung der jungen hispanoamerikanischen Republik in Kauf nehmen wollen, sondern das brachte auch Monseñor Putucás in ein neues und wenig vorteilhaftes Licht, denn wenn der Bischof tatsächlich aufgrund seiner politischen Haltung auf die schwarze Liste gesetzt worden war und die offizielle Regierung, die das verfügt hatte, eine entschieden antikommunistische Politik betrieb, dann ließ das nur einen Schluss zu. Das verkomplizierte die Sache auf doppelte Weise, denn obwohl Onkel Agustín Voralcamps (vormals Agustí Voralcamps) Freunde auf allen Regierungsebenen hatte, er war auch für seine Verdienste für die Stadt mehrmals geehrt worden und zog daraus sein Ansehen als Geschäftsmann, hatte er dennoch nie den Verdacht von sich abschütteln können, dass er katalanistischen Träumen nachgehangen habe und noch immer nachhänge, und aus diesem Grund musste er mit seinen Äußerungen vorsichtig sein und sich lieber einmal mehr zur *Bewegung* bekennen, selbiges galt für sein Handeln. Unter diesen Umständen war die dauerhafte Anwesenheit eines Fremden, dem der Umgang mit revolutionären Elementen vorgeworfen wurde, untragbar, und das teilte er auch seiner Frau mit, die sogleich beteuerte, dass sie seinerzeit lediglich der Aufforderung des Erzbischofs nachgekommen sei und sich den Gast auch nicht habe aussuchen dürfen, und dass sich so etwas im Land von Bischof Putucás ereignen würde, damit habe sie nun wirklich nicht rechnen können, schob sie zu ihrer Entschuldigung hinterher, und darum wisse sie jetzt auch nicht weiter, doch im selben Atemzug führte sie ihrem Mann vor Augen, dass man einen Menschen, der sich aus welchen Gründen auch immer in einer so hilflosen Lage befand, auch nicht einfach auf die Straße setzen konnte, und mein Onkel, der letztlich seiner Frau am Ende immer recht gab, nicht weil er vor ihr Angst gehabt hätte, sondern weil er ihren Verstand und ihren praktischen Sinn schätzte und auch die hinter ihren Vorschlägen stehenden klaren Prinzipien, nahm die Abendzeitung vom Tisch, lehnte sich in seinen Sessel zurück und antwortete ruhig und gefasst: «Einverstanden. Mach, was dir am besten erscheint.»

Dann schlug er die Zeitung auf, blätterte zur Sportseite, und bevor er dahinter verschwand, fügte er im selben Ton hinzu: «Aber spätestens in vierundzwanzig Stunden will ich diesen scheiß Indio in meinem Haus nicht mehr sehen.»

Meine Tante war nicht dumm und begriff sofort, dass Onkel Agustíns Worte keinen Widerspruch zuließen; außerdem witterte sie, dass es auch seinen Vorteil haben könnte, wenn sie sich der im Sakrament der Ehe festgeschriebenen Autorität ihres Mannes fügte, damit würde sie die Verantwortung von sich abwälzen und zugleich ein Problem lösen, das ihr mindestens ebenso zu schaffen machte wie ihrem Mann. Denn abgesehen davon, dass ein Gast immer Umstände macht und die Abläufe in einer Familie stört, behagte es meiner Tante gar nicht, auf Dauer jemanden um sich zu haben, dem sie ihre Seele entblößt und ihre tiefsten Zweifel anvertraut hatte in der Annahme, er würde bald für immer aus ihrem Leben verschwinden. Und so dachte sie keine Sekunde daran, der Aufforderung zu widersprechen, sondern suchte nach einem möglichst sanften Weg, ihn loszuwerden. Irgendein Vorwand würde sich schon finden, um Bischof Putucás zum Ausziehen zu bewegen: Schließlich verbot ihr strenger Moralkodex nicht die Notlüge. Außerdem lag es nicht nur an ihr, dass der Bischof fortmusste, es kamen mehrere Umstände zusammen, für die er zum Teil selbst verantwortlich war und die in eine Zeit zurückreichten, als wir von dem Bischof noch gar keine Kenntnis hatten, auch hatte er uns nicht darüber aufgeklärt, dass wir uns mit ihm ein subversives Element, gar einen Geächteten ins Haus holten. So jemanden wissentlich bei sich aufzunehmen, hieße tatsächlich, sich zum Komplizen seiner, um es vorsichtig auszudrücken, etwaigen Verfehlungen zu machen. Doch dasselbe Bewusstsein, das sie jeder Verantwortung entband, verbot es ihr auch, ihren Gast auf die Straße zu setzen, schließlich war er mittellos, er hatte niemanden, an den er sich hätte wenden können, und auch keine Möglichkeit, sich sein Brot zu verdienen, denn welche Arbeit hätte ein kirchlicher Würdenträger anstreben sollen, der, nebenbei gesagt, zu nicht viel mehr fähig zu sein schien als bei religiösen Veranstaltungen die Trompete zu blasen.

In diesen Grübeleien steckte sie fest, als mein Vater kam, um sich nach dem Stand der Dinge zu erkundigen. Meine Tante erzählte ihm die neueste Entwicklung und verschwieg auch nicht den harschen Befehl ihres Mannes. Und sehr wahrscheinlich kam ihr, noch während sie sich bei ihrem Bruder aussprach und ihm ihre Sorgen unterbreitete, die Lösung.

Am nächsten Tag kam sie, während mein Vater am Bahnsteig am Paseo de Gracia mehr schlecht als recht seiner Beschäftigung nachging und ich in der Schule war, unangemeldet zu uns nach Hause und sprach mit meiner Mutter ein offenes Wort, und in ihrer unumwundenen Art zeigte sich ihre Anständigkeit oder ihre Arroganz, wenn das beides nicht im Grunde dasselbe ist. In knappen Worten erklärte sie, dass Bischof Putucás aus zwingenden Gründen und ohne Aufschub ihre Wohnung verlassen müsse, wie mein Vater ihr sicher schon mitgeteilt habe, dass Bischof Putucás niemanden hatte, zu dem er gehen konnte, und auch keine Mittel, um eine Unterkunft zu bezahlen, und dass Onkel Agustín und sie sich im Sinne der Gastfreundschaft und christlichen Barmherzigkeit in gewisser Weise für den Bischof verantwortlich fühlten, es aber nicht für fein und auch nicht für durchführbar hielten, ihn auf ihre Kosten in eine Pension abzuschieben, deshalb hatte sie sich überlegt, ob wir nicht Hochwürden vorübergehend bei uns aufnehmen könnten. Wir hätten doch ein freies Zimmer, ob es uns also etwas ausmachen würde, ihn dort wohnen zu lassen, bis das Verfahren in Gang gekommen sei und man ihm in Spanien, im Vatikan oder sonstwo politisches Asyl geben würde?

Ich weiß nicht, ob meine Mutter Tante Conchita dafür verfluchte, wie jeder andere es getan hätte, aber wenn es so war, hat sie es nie zur Sprache gebracht oder auch nur durchblicken lassen, wahrscheinlich war sie Tante

Conchita einfach sehr dankbar, dass sie die Schwächen meines Vaters nicht nur stillschweigend überging und ohne Vorwürfe akzeptierte, sondern ihn zudem als vollgültiges Familienmitglied ansah, will heißen, sie liebte ihn, wie Frauen ihre kleinen Brüder eben lieben, vor allem wenn sie ein bisschen minderbemittelt sind. Außerdem schluckte meine Mutter ihre Kränkung und Verärgerung wahrscheinlich auch mit Rücksicht auf uns herunter, um meinen Vater nicht zu belasten und von mir die schmerzvolle Erfahrung des dumpfen Zwists fernzuhalten, der einem das Leben vergiftet Tag für Tag. Wie auch immer, meine Mutter gab, ohne irgendwelche Einwände zu äußern, ihr Einverständnis. Man muss dazu sagen, dass Tante Conchita, als alle auf die Anwesenheit des Bischofs noch stolz gewesen waren, keine Gelegenheit ausgelassen hatte, uns daran teilhaben zu lassen, und dass wir es dem Einfluss ihres Mannes, also dem Durchsetzungsvermögen Tante Cochitas zu verdanken hatten, dass wir zu dem Privileg gekommen waren, ohne Fußmärsche, ohne lange Stunden des Wartens und ohne Menschenaufläufe die Festivitäten in der Stadt zu genießen. Außerdem war es gut möglich, dass meine Mutter auch deshalb gern einwilligte, weil es ihr eine tiefe Befriedigung war, endlich einmal meiner Tante und meinem Onkel einen Gefallen tun zu können, denn wir hatten von ihnen schon viele Zuwendungen bekommen und würden auch in Zukunft sicher gern ab und an ihre Hilfe annehmen.

Meine Mutter nahm also den Verschlag von Tante Conchita an, und die beiden praktisch veranlagten Frauen besprachen sogleich die Einzelheiten.

Unsere Wohnung war klein, aber wir hatten tatsächlich ein freies Zimmer: einen rechteckigen, engen Raum mit einem kleinen Fenster zu einem Lichtschacht, in den meine Mutter sich zum Nähen zurückzog oder, wenn die Hausarbeit erledigt war, zum Lesen, entweder Illustrierte oder Romane, die sie sich auslieh. Den größten Teil der Kammer nahm eine Liege ein, die wir als Sofa nutzten, die an sich aber für Gäste bereitstand. Wir hatten nur so gut wie nie Gäste, weshalb meine Mutter die Liege wohl eher deshalb dort hingestellt hatte, um selbst darauf zu schlafen, wenn der Zustand meines Vaters dies ratsam erscheinen ließ, was bislang noch nie eingetreten war, oder wenn, dann habe ich es nicht mitbekommen.

Da Tante Conchita um unsere prekäre wirtschaftliche Lage wusste, sicherte sie uns zu, dass sie für alle durch den Gast verursachten Kosten aufkommen würde, ob Bewirtung oder sonst etwas, außerdem würde sie jeden Tag Manifiesta vorbeischicken, sie sollte das Bett von Hochwürden machen, seine Kleider waschen und im Haushalt helfen. Das als kleiner Ausgleich für die Umstände. Alles andere würde man auf sich zukommen lassen und gegebenenfalls besprechen, schließlich könne man unmöglich sämtliche Eventualitäten einer so ungewöhnlichen Situation vorhersehen.

Am selben Nachmittag, bevor mein Vater von der Arbeit kam, hatte Monseñor Putucás, Ordinarius von Quihuicha, sein Kämmerlein bezogen und seine wenigen Habseligkeiten an den für sie vorgesehenen Platz geräumt. Als mein Vater zur Tür hereinkam, lief meine Mutter ihm entgegen und unterbreitete ihm noch im Flur die Neuigkeit. Mein Vater nickte, und die Angelegenheit war erledigt. Von nun an teilten wir also unser Heim mit Hochwürden, den wir, ich weiß nicht mehr, ob er es vorschlug oder ob es sich so ergab, bald Don Fulgencio und irgendwann nur noch Fulgencio nannten.

WENN ICH MIR DIESE JAHRE in Erinnerung rufe, erfasst mich eine Wehmut, die mehr mit dem Heute tun hat als mit dem Damals. Ich hatte weder eine glückliche noch eine unglückliche Kindheit. Objektiv gesehen würde ich sagen, dass ein paar dunkle Wolken über ihr hingen, aber man erlebt seine Kindheit nicht objektiv. Meine Eltern und ich bildeten eine kleine eingeschworene Gemeinschaft. Obwohl beide stille Menschen waren, zu großen Reden hatten sie weder das Temperament noch die Erziehung, lebte ich immer in der Gewissheit, dass sie mich liebten, und vor allem schenkte mir ihre zurückhaltende Art ein besonderes Gefühl der Geborgenheit. Da wir sowieso nicht fröhlich und ausgelassen waren, verfielen wir auch nicht so leicht in Mutlosigkeit und Leere. Die Alkoholabhängigkeit meines Vaters kann man natürlich als Unglück sehen, und das war sie auch, aber nicht im eigentlichen Sinn, zumindest damals noch nicht. Ich habe ihn nie aggressiv oder weinerlich oder auch nur verstockt erlebt, wenn er ein paar Gläser zu viel getrunken hatte, will heißen, jeden Tag. Wenn er nichts zu trinken hatte, machte er keinen Aufstand, sondern im Gegenteil: Er versank in stillen Trübsinn, bis eine kleine Dosis Alkohol seine Laune wieder hob. Diese Friedfertigkeit hieß allerdings keineswegs, dass mein Vater ein in sich ruhender Mensch war, sondern nur, dass der Alkohol mit allen Konsequenzen sein zerstörerisches Werk an ihm verrichtete: Er war bei der Arbeit unpünktlich, vergaß Aufträge und Anweisungen, verlor Unterlagen, die man ihm anvertraut hatte, und obwohl er nie ausfällig oder streitsüchtig wurde, verhielt er sich doch auch nicht übertrieben aufmerksam oder höflich, was nicht gut aussah in einem Land und in einer Zeit, in der ein nur begrenzt einsatzfähiger Mensch wie mein Vater zwar in einer riesigen und ineffizienten Verwaltung gut unterkam, in der zum Ausgleich dafür, dass man persönlichen Schwächen und Beschränkungen mit Nachsicht begegnete, jedoch Unterwürfigkeit und Ehrerbietung gegenüber Vorgesetzten erwartet wurden. Aus diesem Grund wurde mein Vater nie befördert: Er blieb auf der Arbeit ein Außenseiter, über den die Kollegen Witze rissen und die Vorgesetzten in Streit gerieten, und seine Bedrückung darüber bekämpfte er mit Trinken. Meine Mutter fügte sich in ihr Los. Sie kam aus einfachen Verhältnissen, hatte weder Bildung noch Horizont, noch irgendeine erwähnenswerte Gabe und sah die Ehe mit meinem Vater als eine Fügung des Schicksals. Sie glaubte, auch wenn sie sich das vielleicht nie klarmachte, dass mein Vater sie nie geheiratet hätte, wäre er nicht ein so erbärmlicher Tropf gewesen, und da er sie trotz allem immer liebte und gut behandelte und überdies ein treuer Ehemann und guter Vater war und immer seinen Lohn nach Hause brachte, war die Arme bis zum Ende der Ansicht, sie habe mehr Grund zu Dankbarkeit als zur Klage. Ein paar Jugendfreundinnen waren ihr geblieben, und da alle verheiratet waren und Kinder hatten, sahen sie sich nur gelegentlich; aus diesen Treffen und den Erzählungen, die sie austauschten, zog meine Mutter den Schluss, dass ihre Ehe verglichen mit den anderen noch eine der besseren war, wenn nicht sogar die beste. Außerdem bedeutete der immerwährende Zustand meines Vaters nicht, dass sie auch auf sich selbst mit Milde geblickt hätte, und so rechnete sie die Engpässe, die wir zwischenzeitlich litten, und ihr eigenes geringes Ansehen allein ihren eigenen Fehlern und ihrem mangelnden Willen zu. Diese eigentlich nicht verkehrte Einstellung bewahrte sie davor, wie so viele andere eine Verschwörung und eine Verkettung unglücklicher Umstände oder eine Mischung aus beidem dafür verantwortlich zu machen, dass man es nicht zu mehr Reichtum oder zu mehr Erfolg und Ansehen gebracht hatte, und selbst wenn etwas daran sein mag, bringt diese Art zu denken nichts weiter als Verbitterung und Verdruss. Mein Vater haderte nicht mit der Welt, sondern ganz im Gegenteil. Von ihm lernte ich, auch wenn er mir das nicht direkt beibrachte, dass nicht meine Anlagen zählten, sondern das, was ich daraus machte, dass ich für das, was ich hatte, dankbar sein und keinen Gedanken darauf verwenden sollte, was die anderen hatten. Diese Philosophie hat aus mir keinen glücklichen Menschen gemacht, aber im Vergleich zu vielen anderen, die ich kenne, bin ich damit ganz gut gefahren, und mir blieben viel Missgunst und Gram erspart. Aber eigentlich wollte ich nicht von mir reden.

Der Bischof kam zu uns mit der angeschlagenen Würde eines Königs im Exil. Er verwahrte sich dagegen, dass meine Mutter einen Knicks machte, um ihm den Ring zu küssen, wie sie es in den Tagen zuvor bei Tante Conchita gesehen hatte: Es begann eine neue Etappe, und in der galten neue Regeln. Ich bin jetzt einer von euch, sagte er. Er trage auch den Ring und das Kreuz nicht mehr. Denn wenn man deren liturgische Bedeutung beiseitelasse, seien das einfach zwei Schmuckstücke, und, mit Verlaub, er wolle nicht mit Silber und Gold behängt herumlaufen. Und so hatte er, bevor er von meiner Tante und meinem Onkel ausgezogen war, Tante Conchita zur Seite genommen und sie gebeten, die beiden Wertstücke in dem Tresor aufzubewahren, den sie ihm gezeigt hatte, bis er, so Gott wolle, die Insignien seines Amtes wieder würde anlegen können. Jetzt sah er aus wie ein einfacher Dorfpfarrer, er trug seine Soutane, die erst im unbarmherzigen Licht der Glühbirne unseres Flurs ihr Alter preisgab, denn dass der Stoff speckig und verblichen war, war niemandem aufgefallen, als er mit Umhang, Scheitelkäppchen und Handschuhen im vornehmen Licht des Kronleuchters in Tante Conchitas Salon gestanden hatte. Es war ähnlich wie beim Kostüm eines Schauspielers, das im Rampenlicht prachtvoll aussieht und glanzlos und billig auf dem Kleiderbügel in der Garderobe. Der Rest seiner Besitztümer passte in einen großen, mit einem Ledergurt zusammengehaltenen Holzkoffer, den meine Cousins mit ihm zusammen aus der Wohnung meiner Tante zum Taxi geschleppt hatten, den Weg vom Taxi bis zu unserem Aufzug hatte er allein bewältigt. Die liturgischen Gewänder, in denen er bei den Prozessionen und öffentlichen Veranstaltungen eine so gute Figur gemacht hatte, nahmen fast den ganzen Koffer ein; seine Alltagskleidung bestand in einer weiteren Soutane, die auch nicht besser war als die, die er anhatte, mehreren Sätzen Wäsche, drei Taschentüchern und einem Paar Hauspantoffeln. Ein Necessaire und ein paar Bücher vervollständigten seinen irdischen Besitz. Die Kleider, die er täglich anzog, hängte meine Mutter in einen kleinen Schrank im Gästezimmer, in dem sie für den Rest des Jahres ihre Sommerkleider aufbewahrte. Während sie sich an die Arbeit machte, entschuldigte sie sich halb verwirrt, halb belustigt, wie unpassend das sei, eine Soutane und zerschlissene Herrenunterwäsche zusammen mit tief dekolletierten, bunt bedruckten Frauenkleidern in der dunklen Enge eines Kleiderschranks. Aber, fügte sie hinzu, der Sommer stehe vor der Tür und bald sei der Schrank freigeräumt. Der Bischof wehrte brummend ab: Er sei es, der die Ordnung dieses christlichen Heims durcheinanderbringe, meinte er. Das Necessaire verstaute er in einer Schublade, um seine Toilettenartikel nicht zu unseren auf die Glasablage im Badezimmer legen zu müssen. Die Pantoffeln fanden Unterschlupf unter dem Bett.

Die ersten Tage liefen nach einem feierlichen Protokoll ab. Meine Mutter sperrte sich in der Küche ein, und auf unseren abgenutzten Tisch wurden ungewohnte Fleischgerichte aufgetragen. Tante Conchitas Hausgehilfin Manifiesta kam Punkt elf Uhr vormittags und blieb bis halb zwei; da sie wie ein Wirbel durch den Haushalt ging und der Bischof kaum Arbeit machte, half sie den Rest der Zeit meiner Mutter, mit dem Ergebnis, dass alles blitzte und funkelte und meine Mutter ausgeruhter war. Die größten Auswirkungen hatten die neu aufgezogenen Saiten aber auf meinen Vater, der aus eigenem Antrieb zu trinken aufhörte und daraufhin in tiefen Trübsinn verfiel. In meiner Erinnerung waren die Tage steif und eintönig. Als sich die anfängliche Aufregung gelegt hatte, spielte sich der Alltag ein, der das ruhige Dahinplätschern eines geordneten Lebens vorspielte und uns an den Rand der Erschöpfung brachte. Der Bischof hatte wenig zu tun. Am Morgen besuchte er die Messe in der nahe gelegenen Kirche, anschließend kam er nach Hause, frühstückte und ging wieder weg, um seine Angelegenheit voranzubringen.

Im Einzelnen hieß das, wie er uns hinterher bedrückt zu verstehen gab, dass er in die Diözese von Barcelona ging und fragte, ob es aus seinem Land irgendwelche ihn betreffenden Neuigkeiten gebe oder, falls nicht, ob die Kirchenväter denn nun entschieden hätten, wie es mit ihm weitergehen solle. Damals kam es im Dämmerlicht der verschwiegenen Vorzimmer wohl zum ersten einer Reihe von Missverständnissen; jemand aus den dortigen Kreisen hatte Onkel Agustín anvertraut, wie uns über Tante Conchita zu Ohren kam, dass Monseñor Putucás kein großer Redner war und sich unklar ausdrückte, dementgegen stellte er seine Forderungen sehr harsch, und das hatte die sorgfältig ausgewählten Vermittler aufmerken lassen, denn hinter diesen unerklärlichen Verstößen gegen die diplomatischen Umgangsformen meinten diese auf Zwischentöne abgerichteten Spürhunde eine verborgene Absicht auszumachen, weshalb sie dringend dazu rieten, dieses verdächtige Subjekt mit zusätzlichen Schikanen auszubremsen. Und so verließ der ahnungslose Bischof das eine Mal eine Unterredung im festen Glauben, dass alles geklärt war und die Lösung nicht mehr lange auf sich warten lassen würde, und am anderen Tag kam er mit der Einsicht heraus, dass er von dieser undurchschaubaren Instanz nichts zu erwarten hatte, ohne dass er sich diesen Umschwung erklären konnte. Tatsächlich kam die Angelegenheit nie über die unterste Verwaltungsebene hinaus, deren Aufgabe genau darin bestand, die Dinge zu verschleppen und auf diese Weise zu verhindern, dass die Entscheidungsorgane in die brenzlige Lage gerieten, einer der beiden Seiten recht geben oder gar so etwas wie eine praktische Maßnahme treffen zu müssen.

Andererseits hatte Bischof Putucás auch kein sehr überzeugendes Auftreten: Er sprach sehr langsam, mit leiser und monotoner Stimme, und wiederholte jeden Satz mit leichten Abwandlungen zwei- oder dreimal; dann, nach einer langen Pause, wiederholte er denselben Satz noch einmal, so als würde allen voran er selbst seinen wirren Worten nicht zuhören. Und das, wenn er zum Reden aufgelegt war, denn meistens hatte es den Anschein, als würde er am liebsten schweigen und sich nur einen Gesprächsbeitrag abringen, um nicht ungesellig oder arrogant zu wirken. Sein natürlicher Zustand war Stummheit, aber dahinter steckte nicht die in sich gekehrte Haltung eines kontemplativen Geistes, sondern schlicht Teilnahmslosigkeit, als hätte sein Gehirn die Arbeit eingestellt und würde sein Intellekt auf unbestimmte Zeit pausieren.

Mit einem nur halb anwesenden Bischof und einem Vater, der im Entzug vor sich hindämmerte, zogen sich die Abendessen ins Endlose, wogegen auch die Bemühungen meiner Mutter hilflos blieben. Die Arme hatte wahrscheinlich angenommen, die Anwesenheit dieses besonderen Individuums könnte für mich instruktiv oder zumindest interessant sein und wäre ein kleiner Ausgleich zu dem wenig anregenden familiären Umfeld, denn mein Vater hatte mir aufgrund seines Zustands wenig zu bieten und sie noch viel weniger. Von diesem guten Willen getragen, begann meine Mutter, als sie sah, dass von den Lippen des Bischofs keine moralischen Grundsätze und überhaupt keine erhabenen Gedanken kamen, ihm Fragen über sein Land und seine Gemeinde zu stellen, denn sie war überzeugt, dass es meinen intellektuellen Horizont erweitern würde, wenn ich etwas über andere Lebensweisen und fremde Sitten erführe, und im Kopf hatte sie dabei bunte Farben, Musik und Geheimnis und Abenteuer. Aber ihre Bemühungen scheiterten an der hartnäckigen Dumpfheit ihres Gesprächspartners. Die Indios in seinem Land, deren Ethnie er angehörte und unter denen er aufgewachsen war, besaßen in seinen Augen keine nennenswerten Eigenheiten; er fand uns viel exotischer, allerdings brachte er auch für unsere Lebensweise und Weltsicht nicht das geringste Interesse auf.

Nach ein paar Tagen gab meine Mutter auf und stellte ihm keine Fragen mehr. Die Abendessen verliefen schweigend, bis der Bischof irgendwann unvermittelt das Wort ergriff und irgendetwas zu erzählen begann, das nicht Anfang noch Ende, nicht Hand noch Fuß hatte und sich wie ein träges Betäubungsgas im Esszimmer ausbreitete.

Währenddessen war es Sommer geworden, die Tage wurden länger, man begann die Hitze zu spüren, die Schwüle setzte sich in alle Ecken, tags wie nachts, und die Leute wurden träge, übellaunig und schwitzten. Dem Bischof schien die klebrige Hitze nichts auszumachen, so, sagte er, sei es in seinem Land das ganze Jahr. Aber mit seinen zwei Soutanen kam er nicht über den Sommer. Jeder von uns sah es, aber keiner traute sich einen Vorstoß zu machen, bis die resolute Manifiesta zu meiner Mutter sagte, bei Tante Conchita stehe ein Sack für die Wohlfahrt herum, mit abgelegten Kleidern meiner Tante, ihres Mannes und der Kinder; darunter fände man bestimmt etwas, das dem Bischof passte, sagte Manifiesta, denn Onkel Agustín war genau wie der Bischof breit gebaut, nur größer, aber das ließe sich anpassen. Die Frage war nur, ob der Bischof damit einverstanden wäre, Straßenkleidung zu tragen. Meine Mutter übernahm es, bei ihm vorzufühlen, und nach mehreren Anläufen, bei denen er irgendetwas grummelte, äußerte der Bischof schließlich, dass es ihm nichts ausmache, auf seinen Talar zu verzichten, zu Hause und auf der Straße, ohnehin würden in seinem Land die Priester nur ausnahmsweise die Soutane tragen, wenn sie nämlich ihr Priesteramt ausübten, aber nicht im täglichen Leben, zum einen aufgrund der klimatischen Bedingungen, im Regenwald war es heiß, zum anderen, weil es so Sitte war. In einer für seine Verhältnisse geradezu prahlerischen Ausführlichkeit berichtete er, dass in einigen Nachbarländern das Tragen der Soutane außerhalb von Kirchen und anderen religiösen Orten verboten war, nur Militär, Polizei und Feuerwehr durften Uniform tragen. Diese Staaten waren laizistisch, und die Religionsgemeinschaften, einschließlich der katholischen Kirche, hatten den Stand eines reinen Privatvergnügens. So weit gingen die Zustände in seinem Land nicht, aber die Regelung, dass Priester Straßenkleidung trugen, hatten sie übernommen. Abgesehen davon, sagte er abschließend, mache ihm die Hitze nicht so viel aus wie uns, weil Indios, anders als Weiße, Schwarze und vor allem Mestizen, kaum schwitzen würden, und wenn sie schwitzen würden, röchen sie nicht, selbst wenn sie sich nicht waschen würden. Das sei ein Geschenk Gottes. Bei ihnen würden noch nicht einmal die Toten stinken, man könne die Leichen der Indios einfach liegen lassen, sie würden ohne zu faulen zu Staub zerfallen oder verschrumpeln. Diesen Teil des Berichts, eines der raren Dinge, die er uns über Land und Leute erzählte, fand meine Mutter abstoßend und unschicklich, ich wiederum war einigermaßen enttäuscht: Ich hatte erwartet, von ihm das bestätigt zu bekommen, was ich aus Büchern und Kinofilmen über Indianer wusste. Dass sie sehr geschickt darin waren, Fährten aufzunehmen, dass sie Rauchzeichen machten und ausgezeichnete Reiter waren.

Während ich meine Enttäuschung verdaute, gingen

meine Mutter und Manifiesta zu Werk, und in zwei Abenden wendeten sie die Ärmelmanschetten und Kragen von drei Hemden, änderten zwei Sakkos und zwei Hosen, woraus sich zwei Sommeranzüge ergaben, ein beiger und einer mit Nadelstreifen. Die beiden Frauen waren sehr emsig und gewandt, aber keine großen Modistinnen. Da sie es außerdem für unschicklich befanden, bei dem Bischof Maß zu nehmen, ließ das Ergebnis ziemlich zu wünschen übrig. Und wenn ohne den priesterlichen Schmuck schon nicht mehr viel von seiner Würde übrig gewesen war, so hatte Don Fulgencio sie in den abgeänderten Anzügen nun gänzlich abgelegt. Die beiden Frauen, für die nur zählte, dass der Bischoff etwas zum Anziehen hatte, zeigten sich höchst zufrieden, aber als mein Vater an dem Abend nach Hause kam und den Bischof sah, brach er in schallendes Gelächter aus und war mit einem Schlag von seiner Depression geheilt. Von dem Betroffenen selbst schien mit seiner Verwandlung eine große Last abzufallen, als wäre er ohne das ganze Brimborium wieder der, der er eigentlich war. Der Wandel zog sich durch sein ganzes Verhalten und wirkte sich auch auf uns aus. Er strengte sich nicht mehr an, eine Respektsperson zu sein, und bewegte sich viel freier, zwar war er immer noch derselbe Kauz, aber seine Redeweise war natürlicher und weniger hochtrabend, was wir aber kaum zu würdigen wussten, weil wir seinen Monologen schon nicht mehr zuhörten, wenn sich seine neue Entspanntheit also auf uns übertrug, dann höchstens darin, dass wir ihn nun noch rücksichtsloser unterbrachen und ihm offen ins Gesicht lachten, wenn er etwas Dummes sagte. Und daran stieß er sich auch nicht: Endlich wurde er so behandelt, wie er es verdiente, endlich durfte er sich als einer von uns fühlen, wie ein verschrobener, aber liebenswerter Verwandter, der gern mitlachte. Er fasste nun auch im Haushalt mit an, am Anfang stellte er sich zwar ziemlich ungeschickt an, aber meine Mutter und Manifiesta lernten ihn mit strenger Hand an, und er wurde eine echte Hilfe. Fürs Erste machte er morgens sein Bett, und nach kurzer Zeit ging er selbständig dazu über, auch die Betten von meinen Eltern und mir zu machen. Er staubte ab und fegte, und nur weil die Erinnerung an sein bischöfliches Amt nicht ganz verblasst war, ließen sie ihn nicht auch noch die Böden wischen. Er lernte die elektrische Waschmaschine zu bedienen, die mein Vater auf Raten gekauft hatte, und hängte nach Ablauf des Programms die Wäsche auf; Bügeln hingegen lernte er nicht. Er kochte auch nicht, aber er begleitete meine Mutter zum Einkaufen und trug ihr den schweren Korb nach Hause; später, als er die Läden und Marktstände kannte und man dort auch ihn kannte, erledigte er hin und wieder den Einkauf, wenn meine Mutter noch zu tun hatte oder müde war. Das alles hatte zur Folge, dass Manifiesta nicht mehr länger zu uns kam, denn wir brauchten sie nicht mehr, und Tante Conchita runzelte auch schon darüber die Stirn, dass die Frau, die sie bezahlte, jeden

Morgen das Haus verließ, um woanders zu arbeiten, nur weil das irgendwann einmal so verabredet worden war. Dank Fulgencios Eifer machte sich ihr Ausbleiben nicht bemerkbar. Meine Eltern redeten ihn weiter mit Sie an, und ich duzte ihn, und es schien uns unglaublich, dass wir ihn irgendwann einmal mit Hochwürden oder Monseñor angesprochen hatten. Jetzt hörte man meine Mutter öfter aus der Küche rufen: «Fulgencio, gehen Sie doch noch schnell in den Laden, bevor er zumacht, das Öl geht zur Neige!», woraufhin man den Bischof mit dem Korb hinausrennen und kurz darauf zurückkommen sah, noch außer Atem und gierig auf das Lob meiner Mutter, weil er so prompt ihren Auftrag ausgeführt hatte. Aber am nützlichsten erwies er sich an den Samstagvormittagen, wenn meine Mutter, wie damals üblich, großen Hausputz machte. Fulgencio übernahm das Möbelrücken, denn er war sehr kräftig, und bei aller Trägheit konnte er erstaunlich viel Energie aufbringen, wenn es von ihm verlangt wurde. Dann spannten sich seine Gesichtszüge an, er fletschte die Zähne, stieß ein tiefes Grunzen aus, und wer ihn nicht kannte, hätte vor seiner Fratze eines Wilden Angst bekommen können.

Außer zum Einkaufen verließ er die Wohnung kaum. Er ging weiterhin jeden Tag in die Messe, allerdings zu unterschiedlichen Zeiten und ohne sich dem Pfarrer, dem Messdiener oder den Mitgliedern der Gemeinde zu erkennen zu geben. Anschließend kehrte er zurück nach Hause und ging nicht noch einmal weg, teils aus Trägheit, teils weil ihm der Verkehr und das Gedränge in der Stadt nicht geheuer waren. Wenn ich aus der Schule kam, hatte dieser zurückgezogen lebende Mann schon viele Stunden allein vor sich hin gestarrt, und er freute sich über mein Erscheinen maßlos, was er mir manchmal sogar zu zeigen vermochte. Ganz offensichtlich hatte er mich ins Herz geschlossen, und wahrscheinlich war das Zusammensein mit mir das Einzige, was ihm die Menschen als solche nahe hielt. Sobald wir uns über die kleinen Begebenheiten des Tages ausgetauscht hatten, ging uns allerdings der Gesprächsstoff aus, daher bot Fulgencio mir an, mir bei den Hausaufgaben zu helfen. Am Anfang erfüllte mich sein Angebot mit großen Hoffnungen, denn ich ließ mich trotz allen gegenteiligen Beweisen nicht von meiner Ansicht abbringen, dass ein Bischof gebildet und so gut wie unfehlbar war. Meine Verblendung bescherte mir eine Reihe miserabler Noten, so dass ich ernsthaft gewarnt war. Da die Abschlussprüfungen des Schuljahrs bevorstanden, beschloss ich, bis auf weiteres auf seine Hilfe zu verzichten, zumal auch mir inzwischen aufgefallen war, dass er von keinem Fach auch nur den Hauch einer Ahnung besaß, und so setzte ich ihn dazu ein, mich abzufragen und mit mir den Stoff so lange zu wiederholen, bis er endlich saß. Mit seiner endlosen Geduld erfüllte er diese Aufgabe glänzend, und die Vorbereitungen auf die Prüfungen, die für mich jedes Jahr so quälend und öde gewesen waren, fielen mir dieses Mal viel leichter.

Am Ende des Schuljahrs waren meine Eltern sehr zufrieden, denn ich war in keinem Fach durchgefallen, und sie gaben mir etwas Geld als kleine Entschädigung, dass wir nicht wie andere Familien der Mittelschicht die Stadt verlassen und in die Sommerfrische fahren konnten. Mir machte das nichts aus, zum einen, weil ich noch nie in eine Sommerfrische gefahren war und daher nicht wusste, was mir entging, zum anderen, weil ich mich gern in dem drückend heißen sommerlichen Barcelona aufhielt, das halb leer war unter den dicht belaubten Bäumen, die Straßen gehörten den einfachen Leuten, die gegen Abend ihre Strohstühle auf den Gehweg hinausstellten, wo sie die Kühle genossen und laut schwatzten. Es roch nach Hafen und Küchenfett, und es lag etwas Ungezwungenes, Sinnliches in der Luft, das so banalen Unternehmungen wie Spazierengehen, Singen oder Horchata trinken einen ganz eigenen Reiz gab. Ich nutzte diese Zeit des Nichtstuns in der sommerleeren Stadt, um mir ein paar Kinderträume zu erfüllen: Comics kaufen, Eis essen und vor allem ins Kino gehen.

In dem Sommer wurde Fulgencio mein ständiger Begleiter. Meine Eltern hielten es für verfrüht, dass ich mich allein draußen herumtrieb, besonders am Abend, aber da meine Mutter es auch keinen sehr verlockenden Gedanken fand, ihre wenige Freizeit meinem Vergnügen zu widmen, war Fulgencio die ideale Person, sie zu ersetzen: Wir kannten ihn als moralisch aufrichtig, anständig und loyal, und wer ihn nicht kannte, musste vor einem Leibwächter wie ihm zu Ehrfurcht erstarren. Ich verstand mich mit ihm bestens, denn wir teilten dieselben Vorlieben: Er aß für sein Leben gern Eis und war regelrecht verrückt auf Kino, insbesondere auf Abenteuerfilme. Anders als meine Mutter, die so viel Zeitvergeuden nervös machte und das auch nicht verbarg, ging Fulgencio auch gern in eine Doppelvorstellung, er sah sich ohne weiteres zweimal hintereinander denselben Film an, was in den Stadtteilkinos kein Problem war, denn dort liefen die Filme *en suite* und die Leute kamen und gingen nach Belieben, manche sahen sich die zweite Hälfte eines Films und danach die erste Hälfte an und fanden es das Normalste von der Welt. Fulgencio ging so mit dem Geschehen auf der Leinwand mit, dass er mich oft in peinliche Situationen brachte, wenn er laut die Handlungen der Protagonisten lobte oder tadelte, die Helden vor lauernden Gefahren warnte und den weiblichen Protagonistinnen Ratschläge erteilte, welchen ihrer Verehrer sie wählen sollten und welchem besser misstrauen. Sobald wir aus dem Kino draußen waren, tauschten wir uns in stundenlangen hitzigen Gesprächen über den Film aus, wobei ich ihm nicht selten eine Wendung der Handlung erklären musste, der er nicht hatte folgen können, was häufig bei Kriminalfilmen der Fall war, oder wenn es im Erzählverlauf Sprünge gab. Für einen Jungen meines Alters war er der ideale Gefährte, nicht nur, weil er so begeisterungsfähig war, sondern weil ich aus seinem Mund nie eine Bemerkung hörte, die nicht unmittelbar auf das Bezug nahm, was er auf der Leinwand gesehen hatte, denn sie war für ihn eine in sich geschlossene, vollkommene Welt, über die ihm kein moralisches Urteil zustand. Er verurteilte keine Ausschweifungen, hob keine Heldentaten empor, und an den bösen blonden Frauen in schwarzen, hautengen Satinkleidern hatte er höchstens an der Frisur etwas auszusetzen. In seinem Land, eröffnete er mir eines Tages, hatte er nie einen Film gesehen.

Am ersten August mussten wir uns schweren Herzens voneinander verabschieden.

Tante Conchita und Onkel Agustín hatten in einem Dorf im Maresme ein großes Haus am Meer, und im August konnte ich in der Regel für ein oder zwei Wochen dorthin. Da meine Cousins in meinem Alter waren, fand ich immer gleich Anschluss. Unter den Mitgliedern der Sommerkolonie fühlte ich mich fehl am Platz, aber am Strand war ich sehr gern, und im Haus von Tante Conchita fühlte ich mich wohl: Ständig kamen neue Gäste an und konnten so lange bleiben, wie sie wollten, und in diesem lockeren Kommen und Gehen war ich einfach einer mehr und nicht ein armer Verwandter, dessen man sich erbarmt hatte. Ich erinnere mich, dass mit mir meistens ein Señor Pallarés da war, ein hochgeschossener Angestellter des Grundbuchamts, der selbst an den schlimmsten Hundstagen nicht Sakko und Krawatte ablegte; außerdem war da ein schon betagter, sich mit Künstlerflair umgebender Maler, der

Pipo Gallo hieß und den ganzen Tag unglaublich kitschige Landschaften malte, die er anschließend unter den Sommergästen zu verkaufen versuchte, mit mäßigem Erfolg; und es war eine kleine, grauhaarige Frau anwesend, die von allen Tonina genannt wurde und das Kindermädchen meiner Cousins gewesen war, woraus sie das lebenslange Recht bezog, ein paar Tage im Jahr mit ihren geliebten Kindern zu verbringen, und obwohl meine Cousins sie mehr freundlich duldeten als freudig empfingen und meine Tante kein Wort an sie richtete, waren es für sie wahrscheinlich die glücklichsten Tage im Jahr. Onkel Agustín sahen wir kaum, er trug alle zwei bis drei Tage und ohne einen Grund zu nennen seinem Chauffeur auf, ihn nach Barcelona zu fahren, und wenn er nach ein paar Stunden zurück war, ließ er sich im Schatten der Pinien in einen Korbsessel fallen, um sich von den Strapazen der Reise zu erholen, schnaufte, trank eine Erfrischung und wedelte sich mit einem Palmblattfächer Luft zu. Weitere unangemeldete Gäste, die sich über die Dauer ihres Aufenthalts nicht äußersten, waren Onkel Víctor und Onkel Fran. Onkel Víctor sah sich als Bruder und Schwager anscheinend zum Besuch verpflichtet, denn Freude hatte er an seinem Aufenthalt keine: Er war von oben bis unten zerstochen, riss sich an den Brombeerranken auf, und von dem Wasser bekam er eine üble Darmverstimmung. Onkel Fran ging es daneben prächtig, er wurde zum Liebling des Dorfs, einfach weil er einen amerikanischen Wagen fuhr, einen riesigen chromglänzenden Schlitten, dessen Dach man abnehmen und durch ein schwarzes Faltdach aus Stoff austauschen konnte, womit das Auto sich in ein schnittiges, Hollywood würdiges Cabrio verwandelte, in dem Onkel Fran auf und ab fuhr und dabei die Bewunderung und den Neid der Sommergäste und das Staunen der Dorfbewohner auf sich zog. Da er athletisch und ein exzellenter Schwimmer war, waren ihm auch am Strand die Blicke sicher. Bald schon war er elegant gebräunt, er kleidete sich in Weiß und trug zweifarbige Schuhe, rauchte mit Zigarettenspitze, erzählte pikante Witze und machte den Damen Komplimente. Wir Kinder konnten ihn nicht leiden, er begegnete uns mit ranschmeißerischer, aufgesetzter Spaßlaune, ließ uns nie in seinem Auto mitfahren, prahlte überall herum, aber gab uns nie auch nur eine Münze, geschweige denn, dass er uns einlud. Alle diese Leute kamen und gingen nach Belieben, sie hielten sich an keine Essenszeiten und trieben, wozu sie Lust hatten. Diese friedliche Anarchie lenkte Tante Conchita mit weiser Hand und nicht ohne Schwierigkeiten, denn die zupackende, patente Manifiesta nahm sich ausgerechnet Anfang August zehn Tage frei, um das Fest in ihrem Dorf nicht zu versäumen, und für diese Zeit wurde sie von einem Ehepaar aus dem Ort vertreten, er ein pensionierter Fischer mit Namen Joan el Llucet, ein grober, unbeherrschter Mensch, der sich um den Garten kümmerte und dabei in einem fort auf Pflanzen, Vögel und alles Lebendige schimpfte, sie die leidgeprüfte und wenig hilfreiche Cinteta, die schlecht kochte, schlecht putzte und alles zerbrach, was sie anfasste. Meine Tante schien das alles weitgehend ungerührt zu lassen, denn sie hatte nur eine Sorge, möglichst nicht braun zu werden, was eine echte Herausforderung war, darum trug sie hochgeschlossene, langärmelige Kleider und bedeckte sich von Sonnenauf- bis Sonnenuntergang den Kopf mit einem bedruckten Tuch und einem breitkrempigen Strohhut. Aus Sorge, diese Vorkehrungen könnten nicht ausreichen, cremte sie sich mehrmals am Tag das Gesicht mit einem Sonnenschutzmittel ein. Auf diese Weise gelang es ihr, drei Monate am Strand zu verbringen, ohne ihre vornehme Blässe zu verlieren, die vielen Einschränkungen nahm sie dafür bereitwillig in Kauf, ebenso die dunklen Flecken, die sie im Gesicht bekam, vielleicht als allergische Reaktion auf das Sonnenschutzmittel. Trotz ihres dominanten Charakters und obwohl ihr peinliches Achten auf ihre Klassenzugehörigkeit schon pathologische Züge trug, war Tante Conchita ganz in Ordnung. Sie imponierte mir, zwar fürchtete ich mich ein wenig vor ihr, aber da ich sah, dass weder ihr Mann noch ihre Brüder, Kinder und Freunde und noch nicht einmal das Personal vor ihr zusammenzuckten, war ich beruhigt. Sie maßregelte auch niemanden, schon gar nicht uns Kinder, denn in der damaligen Zeit, die in vielem unterdrückerisch war, waren Kinder noch nicht im Fokus irgendeines Interesses und auch keine Projektionsflächen für Erwachsene, Eltern wachten nur über die schulischen Leistungen und Tischmanieren und überließen alle weitere Erziehung Pfarrern, Freunden, Nutten oder wem auch immer.

Die ersten Tage meiner Ferien verliefen wie in den Jahren zuvor: Der Himmel war wolkenlos und das Meer still und klar; wo die Wellen sacht auf dem Sand aufschlugen, konnte man Schwärme von kleinen Fischen sehen, die vor den Badenden auseinanderstoben. Im Haus herrschte der übliche rege Betrieb, so dass ich mich fast unbemerkt von meinen Gastgebern und den Gästen bewegen konnte. Am meisten fürchtete ich mich davor, dass meine Tante und mein Onkel sich bei mir nach Fulgencio erkundigen könnten, besser gesagt nach Monseñor Putucás, wie sie ihn weiterhin nannten, denn sie würden unseren lockeren Umgang bestimmt nicht gutheißen, und was fast noch schlimmer war, unser vertrauensvolles Verhältnis könnte die feierliche Steifheit meiner Tante und meines Onkels während des Eucharistischen Weltkongresses ein wenig lächerlich aussehen lassen, denn auch wenn jene Tage allen weit weg vorkamen, war de facto seither nicht viel Zeit vergangen. Doch das alles trat in den Hintergrund angesichts der alles Bisherige übersteigenden Erfahrung, die ich bald darauf machen sollte.

Drei Tage vor meiner geplanten Rückkehr nach Barcelona tauchte im Kreis meiner Cousins ein Mädchen auf, das etwa so alt war wie ich, vielleicht ein wenig älter, und in das ich mich auf den ersten Blick verliebte. Es war natürlich nur eine kindliche Schwärmerei, die bald vorübergehen würde, doch für mich war es eine einschneidende Erfahrung, durch die sich vor mir erst die Kluft öffnete, die zwischen mir und den übrigen Bewohnern der Ferienkolonie klaffte. Im Bewusstsein, dass ich nicht zu ihrer Welt dazugehörte, beschloss ich, meine Gefühle zu verbergen, denn bald würde ich aus dem Dorf abreisen und nie mehr wiederkommen, soweit mein Vorsatz, doch als wäre ich selbst nicht Herr meines Handelns, ging ich im letzten Moment mit dem Mut des Verliebten zu meiner Tante und bat sie um Erlaubnis, meinen Aufenthalt zu verlängern. Da meine Tante an die spontanen Planänderungen ihrer Gäste gewöhnt war, stimmte sie zu, ohne den Grund für diesen plötzlichen Wunsch wissen zu wollen. Sie ging davon aus, dass meine Eltern einverstanden waren, und so rief sie sie einfach an, um ihnen mitzuteilen, dass sie mich nicht an dem vereinbarten Tag am Bahnhof abholen kommen sollten, sie würde ihnen zu gegebener Zeit Bescheid geben. Meine Mutter zeigte sich sofort einverstanden und schien sogar froh zu sein, und da ich keine Ahnung hatte, was in Barcelona los war, sah ich mich in ihrer fehlenden mütterlichen Fürsorge bestätigt und vergrub mich noch tiefer in meiner Einsamkeit.

Ich blieb bis Mitte September im Haus meines Onkels und meiner Tante, als auch für sie die Rückkehr nach Barcelona anstand. Ende August zogen Wolken auf, und es gab heftige, tagelang anhaltende Unwetter.

Das Meer nahm eine düstere, wilde Gestalt an und wurde zu einer mächtigen, furchterregenden Naturgewalt, aus deren Tiefe jeden Moment ein monströses, gefräßiges Ungeheuer aufsteigen konnte. Das Wetter passte zu meinem Gemütszustand. Da man nicht an den Strand und auch sonst nichts draußen unternehmen konnte, belegte die jugendliche Clique nun die geräumigen Aufenthaltsräume der Sommerresidenzen, wo wir die Stunden mit Reden, Schallplattenhören und schalen Brettspielen herumbrachten, während der Regen gegen die Scheiben prasselte. Manchmal schlug ein Blitz in einen Strommast ein, und der Strom blieb für mehrere Stunden weg. Dann gingen die Runden bei dämmerigem Kerzenschein und Petroleumlicht weiter, und eine melancholische Stimmung legte sich auf uns. Die ganze Zeit über schwieg und litt ich. Ich versuchte, neben meiner Angebeteten zu sitzen, um ihre Nähe zu spüren, oder ihr gegenüber, um mich an ihrem Anblick zu laben, wenn ich sie lächeln sah, traten mir Glückstränen in die Augen, wenn sie mit einem anderen sprach, zerfraß mich die Eifersucht, wenn sie wegging, empfand ich unerträglichen körperlichen Schmerz. Ich kann mich nicht erinnern, mit ihr auch nur ein Wort gewechselt zu haben.

Die Rückkehr nach Barcelona stimmte mich einerseits traurig, andererseits erleichtert. Als ich nach Hause kam, war ich so in meinen Gefühlen und meinem Liebeskummer gefangen, dass mir Fulgencios Abwesenheit zunächst gar nicht auffiel. Ich war fast sechs Wochen fort gewesen, die ich als sehr intensiv erlebt hatte; als ich zurückkam, umfing mich das Vertraute, alles war wie immer, und ich übersprang die kurze Zeit, die der Bischof bei uns gewesen war. Als mir nach ein paar Tagen sein Fehlen auffiel und ich meine Mutter fragte, was geschehen war, antwortete sie mir ausweichend. Genauso mein Vater, aber aus seiner fröhlichen Laune schloss ich, dass er wieder trank. Eines Abends dann, als ich mit meiner Mutter in der Küche war und ihr half, die auf dem Marmor ausgebreiteten rohen Reiskörner nach kleinen Steinchen abzusuchen, denn wenn man auf einen biss, konnte man sich einen Zahn ruinieren, erzählte sie mir die ganze Geschichte, vielleicht weil sie bemerkt hatte, dass ich kein Kind mehr war und also in alle Familienangelegenheiten einbezogen werden konnte.

Folgendes hatte sich ereignet: Mein Vater hatte, vielleicht, weil er sich durch meine Abwesenheit zu nichts mehr verpflichtet fühlte, vielleicht, weil er den Respekt vor dem Staub wischenden Bischof verloren hatte, wieder angefangen zu trinken. Wie immer hatte das Trinken ihn zu einem geselligen Menschen gemacht, und es hatte nicht lange gedauert, bis er Fulgencio auf seine Kneipentouren durch seine Stammlokale im Viertel mitnahm, dort kannte man ihn als friedlichen Menschen und ließ ihn in den letzten Tagen des Monats anschreiben. Selbst wenn er es versucht hatte, dürfte es dem Bischof schwer gefallen sein, enthaltsam zu bleiben, denn gegen die Überredungskünste meines angetrunkenen Vaters war man machtlos, außerdem war der Bischof einsam und ein gefügiger Mensch, der immer alles machte, was man ihm sagte. Das Problem war, dass mein Vater die Wirkungen des Alkohols im Griff hatte, wohingegen Fulgencio, entweder aufgrund einer erblichen Disposition oder weil er Alkohol nicht gewöhnt war, kaum etwas vertrug, wie dem auch sei, auch er suchte nun Trost im Alkohol und wurde in kürzester Zeit zu einem schweren Trinker. Anfangs folgte er dem Beispiel meines Vaters und war fröhlich und ausgelassen. Seit er in Barcelona war, war er aus Nachlässigkeit nicht mehr zum Friseur gegangen, so dass ihm seine dicken schwarzen Haare bis auf die Schultern hingen, was in damaligen Zeiten unmöglich war, und da auch ihn die Zotteln störten, band er sie sich zum Zopf. Mit seiner Haartracht und seinen Gesichtszügen sah er aus, wie aus einem Western entsprungen, was ihm ungewohnte Beliebtheit einbrachte. Die Leute nannten ihn «Großer Häuptling», «Cochise», «Geronimo» und dergleichen, und er fühlte sich auf einmal wichtig. Nach dem dritten Glas brauchte es nicht viel an Ermunterung, und er beschmierte sich das Gesicht mit Tomatensauce und führte mitten in der Bar, manchmal sogar auf dem Tisch einen Kriegertanz auf. Da er in seinem Zustand unbewusst Stammesriten mit liturgischen Handlungen vermengte und in einem Moment so tat, als würde er die Gäste mit einer Axt bedrohen, und im nächsten Moment, als würde er ihnen den Segen erteilen, erlangten seine Aufführungen bald auch außerhalb der Kneipen Berühmtheit und kamen schließlich dem Erzbischof zu Ohren. Wenige Tage darauf suchte ihn ein Diakon auf und wies ihn scharf zurecht. Da der Bischof ein fügsamer Mensch war, hätte diese Ermahnung unter normalen Umständen genügt, aber der Abgesandte des Erzbischofs hatte ihm die Rüge ungeschickterweise hingeworfen, als Fulgencio gerade volltrunken von einer Pinte in die nächste wankte. Mein Vater, der dabei gewesen war, erzählte uns hinterher belustigt, Monseñor Putucás habe sich vor seinem Gegenüber aufgebaut und ihm vor den versammelten Schaulustigen mit großer Geste und erstaunlich gewandten Worten ins Gesicht gesagt, er, der Erzbischof, habe ihm, als er sich in Not befunden habe und Hilfe und moralische Unterstützung benötigt hätte, den Rücken gekehrt, als wäre er ein Köter (wörtlich, so mein Vater, habe er «ein Indio-Köter» gesagt, aber mein Vater hatte nun mal die Angewohnheit, die Geschichten schönzufärben), und dass er nun die Autorität des Erzbischofs auch nicht anerkenne, weder die hierarchische noch die moralische; die Zeiten der Inquisition seien vorbei, und die Kirche könne niemandem vorschreiben, was er zu tun und zu lassen habe, auf der Straße oder in einem Lokal oder sonst wo; womöglich sei seine Verhaltensweise nicht angemessen, aber er verstoße gegen kein Gesetz, weshalb er nicht die geringste Absicht habe, etwas daran zu ändern, und abschließend soll er gesagt haben, dass er selbst als verlotterter Säufer noch immer ein Bischof sei mit dem Recht, an einer Synode und sogar an einem ökumenischen Konzil teilzunehmen, während sein Gegenüber nur ein erbärmlicher Kirchendiener sei, der ihm Respekt und Gehorsam schulde. Das aus der Bar inzwischen herbeigeströmte Publikum spendete johlenden Applaus, und dem Diakon blieb nichts anderes übrig, als sich kleinlaut zurückzuziehen. Sie grölten «Hoch lebe der Große Häuptling!» und wollten ihn auf die Schultern heben, doch da der Bischof seine Autorität wieder hatte, winkte er ab und ging ohne ein Wort nach Hause.

Nach dieser kurzen Begegnung mit einem Vertreter des Priesterstands vollzog sich bei unserem Gast abermals eine Wandlung, und er wurde wieder so verschlossen wie ehedem, nur noch trauriger und noch abweisender. Noch nicht einmal mein kumpelhafter Vater vermochte seinen Panzer aufzubrechen. Er frequentierte weiter die Lokale, aber jetzt meistens allein. Von dem heiteren Trubel wollte er nichts mehr wissen, und wer ihm zu nahe trat, auch nur im Scherz, bekam schon mal eine Faust ins Gesicht. Bisher hatte er auf Kosten meines Vaters getrunken, der zur Verzweiflung meiner Mutter mit seinen Saufkumpanen immer sehr freigiebig war, jetzt servierte man ihm nichts mehr, weil er kein Geld hatte, und das steigerte seine Aggressivität. Zweimal schritt die Polizei ein, und beim dritten Mal landete er auf der Wache. Als der Polizeikommissar oder der Richter feststellte, dass es sich um einen Bischof handelte, ließ er ihn laufen, allerdings mit der Warnung, dass er beim nächsten Mal ins Gefängnis kommen oder ausgewiesen und in sein Land zurückgeschickt werden würde. Besonders die zweite Aussicht erschreckte ihn.

Meine Mutter sagte zu diesen Vorfällen nichts, sie wusste, dass mein Vater die Hauptschuld an der Misere trug, aber die Situation überforderte sie. Ein Alkoholiker im Haus reichte ihr, und spätestens wenn ich aus den Sommerferien im Haus meiner Tante zurück sein würde, müsste sich etwas ändern. Sie beschloss, in Abwesenheit meines Vaters mit dem Bischof zu reden. Als sie ihn zu sich zitierte, zeigte sich Fulgencio so gleichmütig wie immer, doch das Zucken seiner Augenlider verriet, wie nervös er war. Bevor meine Mutter, die sich eine kleine Rede zurechtgelegt hatte, irgendetwas sagen konnte, kniete sich der Bischof auf den Fliesenboden im Esszimmer und flehte meine Mutter mit zitternder Stimme an, sie möge ihm verzeihen. Meine Mutter antwortete, es gehe nicht um Verzeihen oder Nichtverzeihen: Er sei der Herr seiner Taten, und es stehe ihr nicht zu, ihn zu verurteilen, und das sei auch keineswegs ihr Anliegen (und dazu habe sie auch keine Lust, sagte sie wörtlich, wie ich Jahre später von ihr erfuhr); sie habe ihn nur gerufen, sagte sie, um ihm das Problem aus der Sicht einer Ehefrau und Mutter darzustellen, sie könne niemanden an seinem Verhalten hindern, aber die Konsequenzen habe sie trotzdem zu tragen. Bei ihrem Mann sei das etwas anderes, denn das Sakrament der Ehe verpflichte sie dazu, die Schwächen ihres Ehepartners zu ertragen;

aber sie sehe nicht, was sie dazu verpflichten würde, die Entgleisungen eines Gastes zu ertragen, nur weil sie so großzügig gewesen sei und ihn wie ein Familienmitglied behandelt habe, gebe ihm das nicht das Recht, sich wie ein solches danebenzubenehmen.

Der Bischof sagte darauf nichts. Nach einer Weile stand er auf, schüttelte die Hosenbeine aus und schloss sich in seinem Zimmer ein. Am nächsten Morgen war er verschwunden. Meine Mutter versicherte, dass sie nichts von ihm gehört hatte, als hätte Fulgencio dann doch noch eine Fähigkeit unter Beweis stellen wollen, die ich an den Indianern so sehr bewunderte: das Schleichen. Er hatte seinen Koffer mitgenommen, die Kleidung, die meine Mutter und Manifiesta ihm geändert hatten, und seine wenigen Habseligkeiten, nur die Soutanen und das prächtige Bischofsgewand hatte er dagelassen, einschließlich der violetten Handschuhe, die ich einheimsen wollte, was mir nicht gelang. Wir schlugen das Bischofsgewand zusammen mit Unmengen Mottenkugeln in eine Decke ein und legten das Bündel oben in den Schrank, dort konnte es bleiben, bis sein Besitzer es irgendwann holen kommen würde, womit im Stillen niemand von uns rechnete.

Doch auch mit Fulgencio Putucás' Verschwinden kam meine Mutter nicht zur Ruhe. Ich war nun in einem schwierigen Alter und machte in einem fort Ärger, was meinen Vater in seinem Zustand permanenter Abwesenheit nicht weiter bekümmerte, doch meine Mutter litt darunter sehr, denn da mein Vater sie im Stich ließ, fand sie bei niemandem Unterstützung, um mir meine Flausen auszutreiben. Manchmal tadelte sie mich, aber verstummte gleich wieder, was natürlich auch an ihrer zaghaften Art lag, aber vor allem hatte sie wahrscheinlich Angst, dass wir in Streit geraten könnten und ich von zu Hause auszog, denn dann hätte sie niemanden mehr. Unter diesen der Disziplin nicht sehr förderlichen Umständen rutschte ich immer weiter ab: Ich lernte nicht, machte keine Hausaufgaben, legte mich mit meinen Lehrern an, machte oft blau. Nur eines hätte mich wahrscheinlich in gemäßigte Bahnen zurückführen können: wenn ich endlich ein Mädchen kennengelernt hätte, am besten ein wohlanständiges, so wie einige meiner Mitschüler. Aber ich traute mich nicht, ein Mädchen anzusprechen, erst recht nicht, wenn ich an ihm Gefallen fand. Ich hatte kein Geld und auch keine Zukunft und hatte also nichts anzubieten, das meine dürftigen Anlagen aufgewogen hätte, so dachte ich. Mit meinen Märchen im Kopf sah ich nicht, dass auch Mädchen einfach nur von einem normalen Menschen freundlich behandelt werden wollten und es keineswegs auf Millionäre oder Helden abgesehen hatten, und ich reagierte wie viele Jugendliche in dieser Situation und zog mich immer weiter in mich zurück, ich wurde abweisend und unnahbar, und wenn ich damit doch eigentlich mein verwundbares Herz schützen wollte, so machte das in Wirklichkeit alles nur noch schlimmer. In meiner Verzweiflung suchte ich immer häufiger die Gesellschaft zweifelhafter Typen, und ich weiß nicht, wie ich geendet hätte, hätte mich nicht eine zufällige Begebenheit vom Rand des Abgrunds weggezogen.

Eines Abends ging ich unter dem unglaubwürdigen Vorwand, ich wäre mit einem Freund zum Lernen verabredet, von zu Hause weg. Ich zog mit meiner Clique durch die Kneipen und trank ziemlich viel. Zunächst fühlte ich mich bestens: Ich fand alles lustig, wurde geistreich und lachte viel. Doch irgendwann wurde mir übel, ich übergab mich auf der Straße und taumelte nach Hause. Am nächsten Morgen hatte ich Kopfschmerzen, und mir war schwindelig. Dass ich verkatert war, erschreckte mich nicht weiter; schließlich war ich ein Anfänger, mein Organismus würde sich an den Alkohol gewöhnen, und ich würde lernen, nur so viel zu trinken, wie ich vertrug. Erschrocken war ich darüber, in welches Hochgefühl der Alkohol mich versetzt hatte, ich spürte, dass die Verlockung groß war, auf diese Weise alle Sorgen loszuwerden, und dass ich, wenn ich nicht aufpasste, so enden würde wie mein Vater. Diese Erkenntnis öffnete mir schlagartig die Augen, und ich begriff, wie sehr ich, verdeckt von Liebe und Mitleid, meinen Vater verachtete. Niemals wollte ich so werden wie er. Ich habe nie jemandem verraten, was geschehen war, und es muss allen wie ein Wunder vorgekommen sein, dass ich mich von einem Tag auf den anderen besann, ich fing wieder an zu lernen und ging wieder brav zur Schule, denn so schlecht und öde der Unterricht auch war, das schien mir der einzige Weg, um im Leben voranzukommen. Es sollte nicht lange dauern, bis ich von der Richtigkeit meiner Entscheidung überzeugt wurde.

Mein Vater hatte immer getrunken, ohne dass das auf seine Gesundheit oder seine Wesensart große Auswirkungen gehabt hätte, doch irgendwann war die Grenze überschritten, und er bekam für alles, was er sich über die Jahre zugemutet hatte, die Rechnung präsentiert. Als ich eines Nachmittags aus der Schule kam, saß meine Mutter verzweifelt im Flur. Zwei Stunde zuvor hatte die Renfe angerufen, um ihr zu sagen, dass mein Vater eine Art Nervenzusammenbruch erlitten habe. Nachdem seine Kollegen ihn gebändigt hätten, habe ein Notarzt ihm ein Beruhigungsmittel gegeben, so dass er jetzt ruhig sei, trotzdem solle ihn so schnell wie möglich eine vertraute Person abholen kommen, denn man wisse nicht, wie lange die Wirkung des Beruhigungsmittels anhalte und ob er in der Lage sei, allein nach Hause zu gehen. Meine Mutter war fix und fertig, nicht so sehr wegen der Nachricht, sie rechnete seit Jahren mit so etwas, sondern weil sie wusste, dass die Schwierigkeiten damit erst begannen. Sie hatte niemanden um Hilfe bitten wollen, vielleicht weil sie fürchtete, dass niemand ihr helfen könnte, und sich stattdessen in den Flur gesetzt, um auf mich zu warten. Wir gingen zusammen zum Bahnhof Paseo de Gracia und brachten meinen Vater im Taxi nach Hause. Er wirkte wie eine Wachsfigur.

Wir machten einen monatelangen Albtraum durch. Mein Vater konnte und wollte keine feste Nahrung zu sich nehmen; sein Zustand wechselte zwischen an Apathie grenzender Erschöpfung und manischer Erregtheit; nachts konnte er nicht schlafen, und wenn er endlich in den Schlaf fand, wurde er von schrecklichen Albträumen heimgesucht, bei denen er heulte und schrie, so dass wir ihn wecken mussten; es juckte ihn am ganzen Körper, er spürte ein Kribbeln in Armen und Beinen, wurde von Kopfwehattacken und Schwindel geplagt, hörte Stimmen, und gegen Ende litt er unter Wahnvorstellungen. Er konnte übergangslos vom sabbernden Kind zum wütenden Monstrum werden. In dieser letzten Zeit beschimpfte er uns, bedrohte und schlug uns. Zum Glück war er so schwach, dass wir seinen Angriffen leicht ausweichen konnten, und wenn er uns doch hin und wieder mit der Hand erwischte, war es kein fester Schlag. Tante Conchita kam ihren Bruder fast jeden Tag besuchen, ohne dass ihre Anwesenheit sich irgendwie positiv auf ihn ausgewirkt hätte, was sie nicht von ihren Besuchen abhielt. Nach einigen Monaten setzten Tante Conchita, meine Mutter und ich uns zusammen, um uns zu beraten, und schließlich nahmen wir den Vorschlag meiner Tante an, ihn in eine Wohlfahrtseinrichtung zu bringen, wofür bereits alles Notwendige in die Wege geleitet war, einmal mehr dank des Einflusses von Onkel Agustín. Das Heim war eine Art Sanatorium für Patienten mit leichten psychischen Erkrankungen, es lag außerhalb

Barcelonas und wurde von einer Gruppe Nonnen geleitet, die gut gelaunt, aber streng waren, und jedem Patienten die für ihn geeignete Behandlung zukommen ließen, in Wirklichkeit wurden alle Patienten einfach ruhiggestellt und notfalls in die Gummizelle gesperrt, bis sich der Anfall gelegt hatte. Doch soweit ich mir ein Bild machen konnte, wurden die Kranken nicht misshandelt.

Es war nicht nötig, viele Ärzte zu konsultieren, um eine eindeutige Diagnose und eine zu wenig Hoffnung Anlass gebende Prognose zu bekommen, auch wenn ich den Namen und die genaue Ursache der Krankheit nie erfuhr. Vermutlich kam mehreres zusammen. Zum Glück wurde mein Vater bei der Renfe auf Dauer krankgeschrieben und bezog die für diese Fälle vorgesehene Rente. Sie lag etwas niedriger als sein Gehalt, aber seine Unterbringung war gratis und umfasste auch die Verpflegung, und da wir zu Hause nun einer weniger waren und mein Vater nicht mehr das Geld verschleudern konnte, verschlechterte sich unsere finanzielle Situation keineswegs, sondern verbesserte sich erheblich. Ich nehme an, Tante Conchita steckte meiner Mutter kleinere Beträge zu, für zusätzliche Ausgaben und damit mein Vater ein wenig Taschengeld hatte, um sich kleine Wünsche zu erfüllen. In der Schule zeigte man uns kühle Zurückhaltung und sagte uns, wenn ich gute Noten schreiben und nicht wieder auf die schiefe Bahn geraten würde, könnte man mir fürs nächste Schuljahr eventuell ein Stipendium geben. Ich geriet nicht wieder auf die schiefe Bahn, aber da ich keine guten Noten schrieb, wurde aus dem versprochenen Stipendium nichts.

Selbstredend war diese Zeit für mich sehr traurig. Mein Interesse an den Mädchen war ungebrochen, aber sie waren für mich endgültig unerreichbar geworden. Und wenn ein Mädchen sich mir näherte, wies ich es ab aus Angst, es könnte sich nur aus Neugier oder Mitleid zu mir hingezogen fühlen. Doch bis auf meine idiotische Frauenfeindlichkeit war ich auf einen Schlag gereift.

Im Frühling jenes Jahres erhielt meine Mutter einen Telefonanruf, der sie ganz aus dem Häuschen brachte. Eine Señora wollte Referenzen über einen gewissen Fulgencio Putucás einholen, der sich bei ihr für eine Anstellung im Haushalt beworben hatte und ihr unseren Namen und unsere Telefonnummer genannt hatte, damit sie sich über seine Ehrlichkeit, seine Pünktlichkeit und seine Zuverlässigkeit erkundigen konnte. Nach ihrer ersten Verblüffung ergoss meine Mutter sich in Lob auf Fulgencio, allerdings verschwieg sie, was ihn zu uns gebracht hatte und dass er ein Bischof war. Als wir abends in der Küche etwas aßen, erzählte sie mir höchst vergnügt von dem Anruf. Ich konnte das ganz und gar nicht gutheißen. Wir wussten nichts von Fulgencio Putucás, außer dass er nachlässig, dumm und versoffen war; dass sie sich als Gewährsfrau für seine Eignung und vor allem für seine Redlichkeit hergegeben habe, sagte ich zu meiner Mutter, sei von ihr sehr unverantwortlich gewesen. Als sie diese harsche Kritik hörte, erschrak meine arme Mutter sehr.

«Was hätte ich denn machen sollen?», brachte sie entschuldigend vor. «Ich habe nur gesagt, was ich gesehen habe, als er bei uns zu Hause war, und ich bin davon überzeugt, dass er ein herzensguter Mensch ist, unfähig, einer Fliege etwas zuleide zu tun. Natürlich hat er seine Schwächen, aber welches Recht haben wir, ihn dafür zu verurteilen, wenn wir ihn doch zum Laster getrieben haben?»

Ich wollte nicht mit ihr streiten: Meine Mutter machte schon wieder den Fehler, die Schuld meines Vaters auf sich zu nehmen. Anstatt das Fehlverhalten ihres Manns zu bedauern, meinte sie, sie selbst habe ihre Pflichten als Ehefrau nicht eingehalten, weil sie es zugelassen hatte, dass der Mann an ihrer Seite ein so trauriges Ende nahm. Dieser Gedanke verfolgte sie, sie litt Qualen, aber man kam mit keinem Argument dagegen an. Abgesehen davon wollte auch ich dem armen Fulgencio nur Gutes, ich trug ihn im Herzen und blickte überhaupt gern auf diese Zeit zurück, in der er für mich eine so wichtige Rolle gespielt hatte und die ich inzwischen als das Ende meiner Kindheit ansah.

«Außerdem», sagte sie, wie um einen Schlussstrich zu ziehen, und doch klang es wieder nur wie eine Rechtfertigung, «finde ich es bewundernswert, dass dieser arme Mann sich eine ehrliche Arbeit sucht, um sich sein Brot zu verdienen, anstatt auf die Mildtätigkeit anderer Leute zu setzen. Und dann auch noch so eine bescheidene Tätigkeit, davor ziehe ich gleich doppelt den Hut.»

Damit war die Sache für uns erledigt, und wir kamen nicht wieder darauf zu sprechen, auch wenn sowohl meine Mutter als auch ich von Zeit zu Zeit mit leichtem Bangen an ihn denken mussten. Doch die Monate vergingen, und da wir weder von dieser Señora noch von der Polizei oder sonst wem einen Anruf erhielten, verloren wir den Bischof von Quahuicha einmal mehr aus dem Sinn.

Unser Leben hatte einen neuen Rhythmus gefunden. Jeden Sonntag besuchten wir meinen Vater im Sanatorium. Manchmal zeigte er, wenn wir kamen, zwar keine überschwengliche, aber doch ehrliche Freude, und wir konnten uns mit ihm fast normal unterhalten. Andere Male weigerte er sich, uns zu sehen, er war sehr garstig und bat uns nach kurzer Zeit, ihn in Ruhe zu lassen. Wenn das passierte, waren wir danach jedes Mal sehr niedergeschlagen, allerdings waren wir auch bedrückt, wenn alles gutgegangen war: In seinen besten Momenten wirkte mein Vater erschöpft, abwesend und eingeschüchtert. Er zeigte für nichts Interesse, nicht einmal dafür, wie es der Familie ging oder wie ich mich in der Schule machte. Er klagte auch nicht, weder über die Leitung der Einrichtung noch über die Pflegerinnen, noch über die anderen Patienten.

Manchmal überwand ich mich und fuhr ihn nach der Schule allein besuchen. Es war ein unverhältnismäßig großer Aufwand, denn um zum Sanatorium zu kommen, musste man zuerst mit der Metro fahren und dann in einen Bus umsteigen, und da dieser nach Lust und Laune fuhr, passierte es nicht selten, dass ich bei der Klinik ankam und die Türen für Besucher bereits geschlossen waren. Und selbst wenn der Anschluss klappte, hatte ich gerade mal eine Viertelstunde oder zwanzig Minuten, um meinen Vater zu sehen; aber diese kurze Zeit war genau das richtige Maß, für mich, und auch für ihn, denn er zeigte sich über mein Kommen nie sonderlich erfreut oder dankbar. Ich besuchte ihn trotzdem weiter, denn es erschien mir für unsere Beziehung wichtig.

Bei diesen Besuchen traf ich meistens Onkel Víctor, unseren mutmaßlichen Geheimagenten des KGB. Ich kam nur ab und zu, immer an anderen Wochentagen, trotzdem traf ich Onkel Víctor meistens an, und das konnte nur heißen, dass Onkel Víctor seinen Bruder fast täglich besuchen kam. Wogegen auch nichts sprach, er lebte allein und arbeitete jeden Tag nur bis zwei in der Briefmarkenhandlung. Ich war nur überrascht von der Nähe ihres Verhältnisses, denn in der Vergangenheit hatten sich die beiden Brüder, soweit ich mich erinnerte, nicht viel gesehen, eigentlich nur bei Familienfesten, woraus ich geschlossen hatte, dass sie sich nicht viel zu sagen hatten, was bei so unterschiedlichen Charakteren und Lebensstilen auch nicht weiter verwunderte. Aber es stimmte, dass mein Vater, der zur Familie immer ein wenig Abstand wahrte, sich nie an dem üblichen

Spott über den einfältigen, gutmütigen Onkel Víctor beteiligt hatte, und gut möglich, dass mein Onkel nun im Gegenzug zu meinem Vater hielt. Wie auch immer, Onkel Víctors Besuche brachten meinem Vater Abwechslung, zumal Onkel Víctor ihm, wie dieser mir selbst erzählte, stets Neuigkeiten aus der Welt mitbrachte und ihm, ohne zwischen Wichtig und Unwichtig zu unterscheiden, ein vollkommen wahlloses und buntgemischtes Bulletin ablieferte. Als typischer Barceloneser Müßiggänger verbrachte Onkel Víctor den meisten Teil seiner Freizeit auf der Straße, wozu das milde Klima und das städtische Treiben auch einluden. Er hatte eine große Leidenschaft für Baustellen, und da es immer Baustellen gab und diese sich endlos hinzogen, mangelte es ihm nie an Unterhaltungsprogramm und Gesprächsstoff. Er liebte den Stierkampf, war Fußballfan und Opernliebhaber, auch wenn er nie in einer Stiefkampfarena oder bei einem Fußballspiel gewesen war und auch nie einen Fuß ins Liceo gesetzt hatte, denn dafür fehlte es ihm an Mitteln und an Initiative, aber er hörte Radio und schaltete pünktlich zu Julio Gallego Alonsos Liveberichten aus der Stierkampfarena ein, dessen pompösen Stil er grenzenlos bewunderte. In seiner Arbeit, in der er allein war und nur selten etwas zu tun hatte, las er mehrere Zeitungen von vorn bis hinten durch, so dass er über alle lokalen und weltpolitischen Ereignisse auf dem Laufenden war und zu allem eine nicht selten widersprüchliche und vor Gemeinplätzen strotzende Meinung hatte. Aus diesem Wust schöpfte er seine Fakten und Kommentare, die meinen Vater entgegen aller Vermutungen besser unterhielten als alles, was ich ihm von mir erzählte. Das störte mich nicht, im Gegenteil: Es freute mich zu sehen, dass mein Vater guter Dinge und mit der Welt verbunden war, wenn auch nur über eine dünne Brücke.

Auf dem Rückweg mit seiner eigenen Melancholie gingen Onkel Víctor und ich gemeinsam zur Bushaltestelle, wir fuhren auch ein gutes Stück im Bus zusammen, meistens waren wir die einzigen Fahrgäste, denn an der Haltestelle stiegen nur die Besucher des Sanatoriums zu, und das waren werktags mein Onkel und ich und niemand sonst, und auch die nächsten Haltestellen lagen in einer verlassenen Gegend, in der es nur Ziströsen, Gestrüpp und Müll gab, die dichtbevölkerten Wohnviertel dort entstanden erst später. Damals war die Gegend wie ausgestorben, und da es bis weit in den Frühling schon dunkel war, wenn wir abends auf den Bus warteten, und es keine gute Beleuchtung gab, nur eine Birne hinter einem Porzellanschirm auf einem hölzernen Mast, fühlten wir uns zu zweit sicherer. Mein Onkel war trotz seiner Schwatzhaftigkeit ein guter Zuhörer, denn er hatte eine unstillbare Neugier, und anders als die meisten dummen Menschen war er sich seiner Beschränktheit bewusst, weshalb er sich gegenüber anderen zurückhielt und ihnen aufmerksam und oftmals staunend zuhörte. Ich las damals viel, und mich trieben große Fragen um, das alles ließ ich in unsere Gespräche einfließen, die für mich, der ich dafür keinen Vater hatte, ein Podium waren, um meine intellektuelle Reife vorzuführen, leider hinderte mich die geringe Meinung, die meine Familie von Onkel Víctor hatte, daran, das zu sehen. Wenn ich später hin und wieder an unser gemeinsames Warten an der Bushaltestelle in dieser Ödnis zurückdachte, an den über das Gestrüpp streichenden Wind, der uns als Einziges Gesellschaft leistete, an unsere Fahrten durch die verlassenen Gegenden, da kam mir der Gedanke, dass Onkel Víctor vielleicht gar nicht jeden Tag seines Bruders wegen zum Sanatorium fuhr, sondern meinetwegen, weil er wusste, dass ich Beistand brauchte, und den leistete er mir so, wie er es eben konnte, indem er einfach da war und mir seine Zeit und seine Zuwendung schenkte.

Tante Conchita besuchte meinen Vater nicht ein einziges Mal. Sie sagte, diesen Ort und die ganzen dort eingesperrten armen Geschöpfe zu sehen, sei zu viel für ihre empfindsame Seele. Zum Ausgleich schickte sie jede Woche die Leres zu ihm, die meinem Vater ein Päckchen mit Wurst, Keksen, Schokolade und Zigaretten brachte. Bestimmt haben diese Zuwendungen meinem Vater eine größere Freude bereitet, als wenn seine Schwester ihn besucht hätte, denn anders als mit ihrer weinerlichen Betroffenheit konnte er mit den Geschenken etwas anfangen, er verzehrte sie nicht etwa selbst, sondern verteilte sie unter den Patienten und erwarb sich damit deren Zuneigung, was die in solchen Zwangsgemeinschaften auftretenden Gehässigkeiten dämpfte, außerdem konnte er damit kurz seine Bedürftigkeit vergessen und sich so großzügig fühlen wie in alten Zeiten, und das tat ihm gut. Mein anderer Onkel, Fran, machte von Anfang an einen großen Bogen um seinen Bruder, er erkundigte sich auch nicht nach ihm, er hatte ihn abgeschrieben.

NACHDEM SIE IHN EIN JAHR bei sich behalten hatten, befanden die Ärzte und Schwestern, dass mein Vater von seiner Trinksucht geheilt und sein seelischer Zustand stabil genug sei, dass er vielleicht nicht arbeiten, aber zurück nach Hause könne. Sie meinten, und darin hatten sie sicher recht, dass es für ihn gut wäre, in den Kreis der Familie zurückzukehren und nach und nach wieder ins gesellschaftliche Leben zurückzufinden. Was das betraf, war Barcelona bestens geeignet, denn damals konnte man zu jeder Tages- und Nachtzeit bedenkenlos auf die Straße gehen, und die meisten Leute waren freundlich und hilfsbereit.

Als wir die Nachricht von seiner Entlassung bekamen, freute sich meine Mutter zuerst, aber dann legte sich eine düstere Vorahnung auf sie, was ich sehr gut verstand, denn auch ich fürchtete, dass mein Vater früher oder später wieder zu trinken anfangen würde, und das wäre dann das Ende. Aber die Zukunft hatten wir nicht in der Hand, wir konnten nur aufmerksam bleiben und auf das Glück vertrauen.

Am Anfang fühlte sich mein Vater unwohl zu Hause, unsere Wohnung erinnerte ihn an die erlebte Schmach, und vor allem führte ihm die überall zu Tage tretende Ärmlichkeit vor, dass er als Ehemann und als Vater versagt hatte. Er verhielt sich scheu und weigerte sich, auf die Straße zu gehen. Appetit hatte er auch nicht, obwohl meine Mutter ihm seine Lieblingsgerichte kochte, denn er hatte sehr abgenommen, und sie glaubte, wenn er an Gewicht zulegen würde, würden auch seine Energie und seine Lebensfreude zurückkehren. Zumindest auf diesem Gebiet hatte sie dank ihrer Hartnäckigkeit und Entschlossenheit Erfolg – alles Essen, das mein Vater zurückwies, warf meine Mutter demonstrativ und kommentarlos in den Abfall, und diese Maßnahme wirkte, denn tatsächlich aß er irgendwann alles, was sie ihm vorsetzte, zunächst mit Überwindung und später mit sichtlichem Appetit. Er gewann an Gewicht, aber nicht an Lebensfreude. Ihn aus seiner Verschanzung herauszuholen, erwies sich als unmöglich. Schließlich, an einem klaren, milden Maiabend, kam Onkel Víctor vorbei und nötigte seinen Bruder ohne Wenn und Aber zu einem Spaziergang um den Häuserblock. Am nächsten Tag kam er wieder, und am übernächsten auch, und da mein Vater sich nie zu widersprechen traute, wurde der gemeinsame Abendspaziergang zu einer festen Einrichtung. Onkel Víctor kam immer zur selben Uhrzeit, außer bei schlechtem Wetter oder wenn er verhindert war. Dann wurde mein Vater ganz unruhig und klagte darüber, dass ihm die Decke auf den Kopf falle, doch er weigerte sich, mit jemand anderem spazieren zu gehen als mit seinem törichten Bruder.

Mit der Zeit gewöhnten wir uns an dieses neue Leben. Irgendwann brachten Tante Conchita und Onkel Agustín von einer Auslandreise einen Kofferplattenspieler mit, dazu ein paar Schallplatten, die statt den üblichen 78 mit revolutionären 33 Umdrehungen liefen. Tante Conchita war überzeugt, dass diese sogenannten Langspielplatten nicht nur die Schellackplatten ablösen würden, sondern überhaupt die beste Erfindung des zwanzigsten Jahrhunderts waren. Dieser Begeisterung über den Neuerwerb haftete nichts Prahlerisches oder Snobistisches an, denn alle in der Familie meines Vaters waren große Musikliebhaber. Und im Nachhinein betrachtet muss man auch zugeben, dass die Langspielplatte, wenn auch nicht die größte Erfindung des zwanzigsten Jahrhunderts, so doch die Errungenschaft war, die der Menschheit die meisten Stunden der Freude beschert hat. Diese banale Tatsache sei erwähnt, weil für unsere kleine Familie die Langspielplatte auch insofern segensreich war, als Tante Conchita in einem Anfall von Großzügigkeit meinem Vater ihr altes Grammophon und mehrere Kisten Schellackplatten schenkte. Von da an lebte mein Vater nur noch für die Musik. Er schloss sich ins Esszimmer ein, das gleichzeitig unser Wohnzimmer war, und legte wieder und wieder seine Platten auf. Zu den Mahlzeiten durften wir hereinkommen und das Zimmer nutzen, doch sobald wir mit dem Essen fertig waren, schloss er sich wieder ein, bis ihn Onkel Víctor zum Abendspaziergang abholte. Mit dem Egoismus der chronisch Kranken hatte er die Situation gewendet, jetzt waren meine Mutter und ich die Eindringlinge, deren Anwesenheit er großmütig duldete, und wie üblich fügten meine Mutter und ich uns um des lieben Friedens willen in die neuen Verhältnisse.

Ich verbrachte sowieso die meiste Zeit draußen, in der Wohnung war die Stimmung zwar nicht mehr bedrückend, aber es war eng. Ich lief durch die Straßen, erkundete Viertel, in die ich noch nie einen Fuß gesetzt hatte, ging ins Kino, wenn ich Geld hatte, und wenn nicht, verzog ich mich in die Zentralbibliothek zum Lesen.

Aus jenem Sommer ist mir aus Gründen, die ich gleich erzählen werde, ein Ereignis besonders in Erinnerung: ein ausgestellter Wal, dem man den einfallslosen Namen Moby Dick gegeben hatte. Ich weiß nicht mehr genau, ob es ein Pottwal oder ein Blauwal war, ein riesiges Tier jedenfalls, das man Gott weiß woher angeschleppt und mit Formalin oder einem anderen chemischen Stoff so konserviert hatte, dass die Verwesung zumindest verzögert voranschritt. Um das Naturwunder zu präsentieren, hatte man am Hafen ein großes Zelt aufgestellt. Da ich mir die Attraktion nicht entgehen lassen wollte, spazierte ich eines Tages die Ramblas zu dem Zelt hinunter. Schon von weitem stank es nach totem Fisch. Die Tageszeit schien günstig zu sein, es stand niemand an; ich kaufte eine Eintrittskarte und ging hinein. Drinnen war es dunkel und stickig heiß und stank nach chemischen Lösungen und organischer Zersetzung. Zu dem beklemmenden Anblick eines toten Tiers kam das unglaubliche Ausmaß der Leibhöhle. Ich hatte eine Jugendausgabe von *Moby Dick* gelesen, und ich verstand, warum man dieses Geschöpf für ein übernatürliches Wesen halten konnte: Dieses Tier war monströs und aberwitzig und dennoch nicht dem Tod entronnen.

In diese Gedanken war ich versunken, als eine Hand mich am Arm antippte, und wie ich mich umdrehte, stand vor mir Fulgencio Putucás. Ich umarmte ihn spontan. Anschließend bemerkte ich in seinem sonst so unerschütterlichen Gesicht eine tiefe Rührung. Er räusperte sich und sagte: «Bist du groß geworden! Du bist ja ein richtiger Mann.»

Er hatte sich nicht verändert, nur seine Kleidung war ziemlich zerlumpt. Mir fiel ein, dass er sich vor einiger Zeit in einer reichen Familie als Hausdiener beworben hatte. Aus seinem Aufzug schloss ich, dass er die Anstellung nicht bekommen oder schon vor längerer Zeit verloren hatte. Wie auch immer, ich hielt es für besser, ihn nicht darauf anzusprechen. Er dagegen hatte den Blick schon wieder von mir abgewendet und war in die Betrachtung des Wals versunken. Wir schwiegen für eine Weile, dann rief er aus: «Hast du schon mal so was Riesiges gesehen, mein Junge?» Und ohne eine Antwort abzuwarten, fügte er hinzu: «Ich komme jeden Tag hierher.»

Das fand ich ein wenig übertrieben, trotzdem meinte ich zu ahnen, welche Anziehungskraft von diesem alle Maße übersteigenden leblosen Körper auf ihn ausging, und in derselben Gewohnheit, mit der ich Onkel Víctor meine Belesenheit vorführte, referierte ich über Melville und die Verkörperung des Bösen. Fulgencio schüttelte den Kopf und erwiderte: «Niemand kann sich seine Gestalt aussuchen.»

Er ließ mich stehen und wendete sich wieder der Betrachtung des Ungetüms zu, und es lag etwas von Anbetung darin. Mit halbgeschlossenen Lidern bewegte er seine wulstigen Lippen, als spreche er ein Gebet. Ich beschloss zu gehen und ihn in seiner Versponnenheit in Ruhe zu lassen, doch ohne den Blick von dem Wal abzuwenden, sprach er mich erneut an. «Das erste Mal bin ich aus Neugier hergekommen. Ich hatte in der Zeitung die Ankündigung gelesen und mir gesagt: Fulgencio, endlich hast du einen Leidensgenossen – seines Elements beraubt und für ein lächerliches Geld zur Belustigung der Leute ausgestellt.»

Ich wusste genau, worauf er abzielte, und verstand somit als Einziger diese erstaunliche Identifizierung, wie ich ihm mit einem zustimmenden Murmeln zu erkennen gab.

«Später dann», sprach er nach einer langen Pause weiter, «begriff ich, dass unser Zusammentreffen ausgerechnet hier in Barcelona, so weit entfernt von unserem Herkunftsort, kein Zufall sein konnte. Nach und nach fügten sich alle Einzelteile zusammen wie bei einem Puzzle, genau wie bei einem Puzzle: Du nimmst die Teile und legst sie nebeneinander und probierst so lange, bis sie zueinander passen, und siehe da, irgendwann fügen sie sich zu einem Bild, zu einer Landschaft, zu irgendeiner Szene. Verstehst du, genauso hatte ich irgendwann alles klar vor Augen: Dieses Geschöpf war von Gott gesandt. Aus den Tiefen des Ozeans hat Gott dieses Geschöpf hierher nach Barcelona gesandt, genau wie er mich aus dem fernen Quahuicha, oder dem Kuhkaff, wie ihr es zu meiner Kränkung genannt habt, hierher gebracht hat, und er hat meinen Weg mit Widrigkeiten und Schmach übersät als Preis für diese Begegnung, die er in dieser fürstlichen, fürchterlichen Stadt zwischen uns herbeigeführt hat, der Begegnung zwischen diesem großartigen Geschöpf, das Gottes Macht verkörpert, und seinem armseligen, auf qualvollen Wegen geprüften Vertreter. Und jetzt bitte sag mir: Warum, Fulgencio? Wozu? Tag für Tag komme ich hierher, auf der Suche nach der Antwort auf dieses Rätsel, mein Junge, auf der Suche nach dem wahren Willen Gottes.»

Ich nutzte eine Pause, um zu sagen: «Fulgencio, ich habe schon einen Irren zu Hause. Ich kann nicht noch einen gebrauchen, glaub mir.»

«Nein, mein Sohn, hör dir die Geschichte zu Ende an.

Du warst immer mein Freund, ich bitte dich darum. Du bist der Einzige, dem ich vertrauen kann. Der Einzige.»

Darin hatte er wahrscheinlich recht, und da ich genauso nachgiebig war wie meine Mutter, nickte ich, und er fuhr fort: «Tag für Tag komme ich hierher, übe Verzicht für den Eintritt, um die tiefere Verbindung dieses Zusammentreffens zu verstehen. Ich komme und sehe dem Wal in die Augen und bete, um eine Botschaft zu empfangen. Manchmal meine ich wahrzunehmen, wie er ganz leicht die Flosse bewegt. Dann sage ich mir: Gleich wird er auferstehen; durch meine Gebete wird er wiederauferstehen, so wie Jesus' Gebete Lazarus wieder haben auferstehen lassen, und dann wird er mit seiner unglaublichen Kraft diese sündige Stadt zerstören.»

«Jetzt bist du bei Godzilla, Fulgencio. Wenn dieser Wal wiederaufersteht, was ich mir bei seinem Zustand schwerlich vorstellen kann, wird er Kopf voran ins Meer springen, und wir werden ihn nie wieder sehen.»

«Ach, mein Sohn, du warst schon immer ein Ungläubiger. Ich werfe dir das nicht vor. Ich war es auch, noch bis vor kurzem. Komm, gehen wir raus. Die Luft hier drinnen ist für deine Lungen bestimmt nicht gut. Ich lade dich auf eine Coca-Cola ein.»

Das fand ich einen vernünftigen Vorschlag. Ihm draußen zuzuhören war allemal besser als hier drinnen, und eine Coca-Cola war eine Entschädigung, die man schwerlich zurückweisen konnte. Spanien war damals von allem abgehängt oder auch einfach kein lohnender

Absatzmarkt, jedenfalls war mit dem Bürgerkrieg die Coca-Cola bei uns verschwunden. Doch in dem Sommer kehrte sie aus irgendeinem Grund zurück und warb um unsere Gunst. In dem intellektuell ausgehungerten Land, in dem man sich gierig auf jede noch so kurzlebige Modeerscheinung stürzte, wurde dieses Ereignis reich kommentiert, zumeist negativ, weil man sich in seiner provinziellen Voreingenommenheit darin gefiel, sich über alles zu erheben, was Normalsterbliche gut fanden. Die einen meinten, das Getränk würde unangenehm nach Arznei schmecken; andere kritisierten das berühmte Markenzeichen, den roten Kreis mit dem weißen Schriftzug, und gaben zu bedenken, dass es leicht mit dem Einfahrt-verboten-Schild verwechselt werden könnte, somit seien schwere Verkehrsunfälle vorprogrammiert. Die Diskussionen steigerten den Reiz nur noch mehr, und die Beliebtheit der Brause wuchs und wuchs. Auch ich war auf das Getränk neugierig, aber es war für mich unerschwinglich, und so nahm ich Fulgencios Einladung ohne zu zögern an. Wir verließen das Zelt und setzten uns am Hafen an eine Bude, die Coca-Cola auf der Karte und ein paar Tische unter einer grün-weiß gestreiften Markise stehen hatte.

Fulgencio wirkte nun etwas ruhiger, und während wir auf unsere Coca-Cola warteten, erkundigte er sich nach mir und meinen Eltern. Ich erzählte ihm, was in der Zwischenzeit alles geschehen war, und er zeigte sich sehr betroffen.

«Dein Vater hat diese Strafe nicht verdient», sagte er. «Er ist ein guter Mensch. Er hat nie das Böse in seine Seele gelassen. Andere handeln verwerflich, und ihnen geht es blendend; er hat zu viel getrunken, und Gott hat ihm eine schreckliche Strafe geschickt. Das ergibt keinen Sinn.»

«Die Kirche wird einen finden.»

«Die Kirche ist ein Verbrecherhaufen. Aus dem Mund eines Bischofs mag das seltsam klingen, aber ich sehe keinen Grund, weshalb ich mich weiter verstellen sollte. Ich bin es außerdem leid. Ein Verbrecherhaufen, glaub mir, ich kenne sie gut.»

Der Mann, der in der Bude bediente, brachte uns zwei kleine Flaschen Coca-Cola, und eine Weile tranken wir stumm; er war in seinen Gedanken und ich auf den Geschmack der neuen Brause konzentriert.

«Ist doch köstlich, was?», sagte Fulgencio nach einer Weile.

«Na ja, ich muss mich erst daran gewöhnen», antwortete ich.

«Das ist der Geschmack der Zivilisation, mein Sohn; das und nichts anderes. Und jetzt sag mir, was denkst du?»

«Über die Coca-Cola?»

«Nein. Über mich. Ich weiß, ich bringe dich in eine Zwickmühle, wenn ich dich das frage, aber das kommt mir gerade so, während ich das prickelnde Zeug trinke, pardon, die ‹prickelnde Erfrischung›, währenddessen geht mir das durch den Kopf… Habe ich dir begreiflich gemacht, warum ich bete, schon, oder? Ich habe Gott den Allmächtigen um ein Zeichen gebeten. Gut, vielleicht habe ich mich geirrt, vielleicht hat er mir ein Zeichen gesendet, aber nicht über Moby Dick, beziehungsweise nicht direkt über Moby Dick. Über ihn habe ich zur inneren Einkehr gefunden. Und dann erschienst du mir im Gebet. Jetzt frage ich mich, ob nicht du das Zeichen bist, das mir Gott der Herr geschickt hat.»

«Glaube ich nicht, Fulgencio.»

«Du bist jung und hast ein reines Herz. Sag mir, mein Junge, was soll ich machen?»

«Den Unsinn sein lassen und nicht weiter Geld für diese faulige Kreatur ausgeben.»

«Nein, ich meine, mit meinem Leben. Was soll ich mit meinem Leben machen.»

Ich dachte kurz nach. Ich hatte keine Ahnung, was ich ihm raten sollte, aber mir war klar, dass ich eine große Verantwortung trug, denn was auch immer ich ihm sagte, dieser Wirrkopf würde meinen Rat wahrscheinlich strikt befolgen, schlimmer noch, er würde strikt befolgen, was er aus meinen Worten herauszuhören meinen würde. Aber ich konnte auch nicht einfach weggehen und ihn so verloren dort sitzen lassen. Auf einmal dachte ich an meinen Vater, der sich jedem Rat verschloss, obwohl es so gut für ihn wäre, einmal auf eine andere Stimme als die seiner eigenen Hoffnungslosigkeit zu hören. Ich nahm meinen Mut zusammen und sagte:

«Hast du schon mal darüber nachgedacht, in dein Land zurückzukehren? Die Revolution, die dich ins Exil gezwungen hat, ist längst vorbei; mittlerweile herrscht dort eine stabile, international anerkannte Regierung. Bestimmt wurde eine Begnadigung oder eine Generalamnestie erlassen. Erkundige dich, und wenn es so ist, gehst du zurück. Wer weiß, vielleicht bekommst du deine Stellung als Bischof wieder.»

Er blickte mich genauso verdutzt an wie immer, als hätte er meinen Vorschlag nicht verstanden; aber da ich ihn womöglich besser kannte als jeder andere, sah ich ihm an, dass etwas in ihm arbeitete.

«Du bist sehr klug, mein Junge. Tatsächlich wurde in meinem Land schon vor langem eine Generalamnestie erlassen. Trotzdem kann ich nicht dorthin zurück.»

«Warum nicht, Fulgencio?»

«Weißt du … vor ein paar Jahren … vor ein paar Jahren habe ich einen Menschen umgebracht. Ich habe es nicht im Zorn getan und nicht aus Rache und nicht aus Hass. Ich habe es im Auftrag getan.»

Ich sagte nichts mehr, und wir tranken stumm unsere Coca-Cola aus. Als ich schon dachte, er hätte nun alles herausgelassen, stieß er einen Seufzer aus und setzte seine Beichte fort: «Denk von mir, was du willst. Aber du hast keine Ahnung, wie das Leben in meinem Land ist. Deine Eltern und du, ihr müsst euch sehr beschränken, das weiß ich wohl, aber du kannst dir nicht vorstellen, wie arm meine Familie war. Wir waren dreizehn

Geschwister; fünf starben im Kindesalter, und trotzdem reichte es für uns nicht … Um im Leben voranzukommen, gab es nur zwei Wege: Armee oder Klerus. Um Soldat zu werden, hatte ich weder das Zeug noch den Mut, also ging ich ins Seminar. Ich erhielt die Priesterweihe und wurde in irgendwelchen elenden Gemeinden eingesetzt, in denen noch nicht einmal ein Essen am Tag für mich raussprang. Ich war es leid, alten Mütterchen die Beichte abzunehmen und unterernährten Kindern die Lehre Gottes beizubringen, und beschloss, die Karriereleiter weiter zu erklimmen. Ein Lokalpolitiker, der überall seine Verbindungen hatte, versprach mir zu helfen, wenn ich ihm einen Gefallen täte. Klar. Hungerleidender Pfarrer konnte jeder werden. Um es zum Bischof zu bringen, musste man viele Gefallen erweisen; oder wenige und gewichtige. Ein Bischof ist jemand, verstehst du, nicht nur, weil er Geld hat; ein Bischof hat Macht, er legt sich mit Politikern an, die Lokalgrößen haben vor ihm Respekt, die Menschen hören auf ihn, und die hübschen Frauen knien vor ihm nieder, und während er ihnen den Segen gibt, kann er ihnen ausführlich ins Dekolletee schauen. Ich kannte den Mann, den ich töten sollte, noch nicht einmal. Aber seither sucht er mich nachts immer wieder heim. Als ich anfing zu trinken, ging er mich wild an. Als ich bei euch auszog, gewöhnte ich mir das Trinken ab, so groß war meine Angst vor ihm. Ich fand Arbeit bei einer wohlhabenden Familie, als eine Art Dienstbote. Mir ging es gut, aber der Idiot ließ mich nicht in Ruhe. Eines Sonntags, als ich auf den Ramblas spazieren ging, freundete ich mich mit ein paar Landsleuten von mir an. Sie verkauften Haschisch und so Zeug, davon lebten sie. Sie boten mir guten Stoff zu einem guten Preis an. Mit den Drogen wurde es besser. Der Tote besuchte mich immer noch, aber jetzt lachten wir beiden zusammen wie zwei alte Kumpel. Das ist so: Der Alkohol ruft die bösen Geister; das Haschisch schenkt einem Vergebung.»

Er sah auf und blickte auf die Statue des Kolumbus, der von seiner hohen Säule aus zum Horizont zeigte. Dann wendete er den Blick auf mich, und aus seinen gläsernen Augen sprach nicht gerade Entdeckergeist. «Als Preis dafür», redete er in traurigem Ton weiter, «als Preis dafür tötet die Droge die Menschen ab. Denn der Mensch, mein Junge, der Mensch ist nichts, wenn der Teufel ihn nicht triezt. Sieh dich um, die schöne Stadt, ihre Baudenkmäler, dieser Seefahrer … Ich will niemandem reinreden; das muss jeder für sich selbst wissen. Aber eine Sache lass dir sagen, mein Junge: Die Kultur, die Dichtung, die Philosophie, die Kunst … selbst das Tabernakel von Arfe, du weißt schon, dieses bezaubernde Ding, das sie für den Eucharistischen Weltkongress hergebracht haben … das alles ist das Werk von Trinkern. Der Tag, an dem die Menschen aufhören zu trinken und zu den Drogen wechseln, wird das Ende der Zivilisation sein. Meinst du wirklich, ich soll in mein Land zurückgehen?»

Sein Sermon hatte mich verwirrt, auf die Frage war ich nicht gefasst. «Wie meinst du das?»

«Ob ich in mein schreckliches Land zurückgehen soll.»

«Ich weiß doch auch nicht, Fulgencio. Nach dem, was du mir erzählt hast …»

«Vielleicht hast du recht. Vielleicht ist meine Tat längst vergessen. Dort verjährt alles sehr schnell. Und sonst stelle ich mich eben meiner Schuld, ich gehe ins Gefängnis und sitze für das, was ich getan habe. Die Haftbedingungen sind natürlich zum Fürchten, aber hier geht es mir auch nicht besser. Es ist nicht die Angst, die mich zurückhält, mein Junge. Das Gefängnis ist mir egal. Selbst wenn sie mich an die Wand stellen; dann tun sie es eben. Aber die Schmach … verstehst du …»

Es gab nichts mehr zu sagen. Die Bedienung brachte die Rechnung, Fulgencio bezahlte, und wir verabschiedeten uns mit großer Geste. Er gab mir Grüße für meinen Vater mit und empfahl sich noch einmal ausdrücklich der Frau Mutter.

«Möge ihnen in Zukunft mehr Glück beschieden sein als bisher», waren seine letzten Worte.

Als ich nach Hause kam, erzählte ich meinen Eltern, wen ich getroffen hatte, den Inhalt unseres Gesprächs behielt ich aber für mich. Sie hörten mir nur mit halbem Interesse zu: Für sie war die Zeit mit dem Bischof nur ein Zwischenspiel gewesen und von weit wichtigeren Ereignissen überdeckt worden.

EIN JAHR NACH DIESER BEGEGNUNG las ich in der Zeitung, dass sich in Fulgencios Heimat erneut ein Staatsstreich ereignet hatte und die Militärjunta, die ihn seinerzeit ins Exil gezwungen hatte, wieder abgesetzt worden war, allerdings war die Lage alles andere als eindeutig. In vielen Regionen des Landes lieferten sich die Anhänger des alten und des neuen Regimes blutige Gefechte, und man rechnete mit dem Eingreifen der USA wie seinerzeit in Guatemala, als Präsident Jacobo Árbenz Guzmán gestürzt worden war. Ich fragte mich, ob diese Ereignisse sich auf die Pläne meines Freundes auswirkten oder ob umgekehrt nicht inzwischen alles, was auf der Welt geschah, für ihn zu spät kam. Wenige Tage später bekam ich auf meine Frage die Antwort.

Es war früher Abend, meine Mutter und ich waren in der Küche, sie bereitete das Abendessen vor und ich machte Schularbeiten, als es klingelte. Ich ging öffnen, und vor mir stand Fulgencio. Er war noch immer zerlumpt gekleidet, aber er hatte sich die Haare geschnitten und rasiert; er wirkte insgesamt geläutert und für seine Verhältnisse aufgeweckt und lebhaft. Er begrüßte mich ungewohnt förmlich und entschuldigte sich, dass er zu so ungelegener Uhrzeit erscheine, ohne sich vorher angemeldet zu haben. Der Grund seines Kommens, sagte er, dulde keinen Aufschub. Ob er hereinkommen und kurz mit meiner Mutter reden dürfe? Er würde nur ein paar Minuten unserer kostbaren Zeit beanspruchen. In seinem Verhalten und seinem Ton war nichts übrig von der Vertrautheit unseres Gesprächs an der Coca-Cola-Bude. Von unseren Stimmen angelockt, kam meine Mutter, die zunächst überrascht war, ob angenehm, weiß ich nicht, und dann in eine zurückhaltende Freundlichkeit fand. Fulgencio kam gleich zur Sache. Die Lage in seinem Land habe eine dramatische Wendung genommen; nach Jahren der Diktatur habe das Volk zu den Waffen gegriffen, der Ausgang des Aufstands sei aber noch ungewiss. Jedenfalls habe er in dieser historischen Stunde begriffen, dass sein Platz dort bei seiner Gemeinde sei und dass ihr Schicksal auch seines zu sein habe. Ob wir sein Bischofsgewand aufbewahrt hätten? Und falls dem so wäre, ob es uns etwas ausmachen würde, es ihm zurückzugeben?

Meine Mutter kam dieser Bitte allzu gern nach: Erstens würde sie damit endgültig diesen Menschen los sein, zweitens hätte sie wertvollen Platz in ihrem Kleiderschrank zurückgewonnen. Fulgencio nahm das Bündel und wendete sich zum Gehen. Aus dem Esszimmer drang gedämpft der zweite Satz von Beethovens achten Symphonie, den meine Mutter und ich schon auswendig kannten. Fulgencio hielt inne, lauschte, bewegte den Kopf im Takt und sagte: «Es ist das letzte Mal, dass wir uns sehen. Ich will Ihnen danken für alles, was Sie für mich getan haben, und vor allem möchte ich Sie, Señora, für mein Verhalten um Verzeihung bitten. Wäre doch nur alles anders verlaufen, so harmonisch wie diese himmlische Musik, aber Gott wollte es anders. Möge er Sie für Ihre Güte belohnen. Ich kann nicht wissen, ob er es tun wird, ich jedenfalls segne Sie aus tiefstem Herzen.»

Damit stolperte er hinaus und zog die Tür hinter sich zu, so dass wir nichts darauf erwidern konnten. Was danach geschah, erfuhr ich nur in Bruchstücken, aber ich konnte mir aus den Erzählungen immerhin so weit einen Reim machen, dass ich die Fakten einigermaßen zusammenbekomme.

Am Morgen nach besagtem Besuch erschien Fulgencio Putucás in voller Bischofsmontur, in genau denselben festlichen Gewändern wie am Tag unserer allerersten Begegnung, bei Tante Conchita. Er fragte die Leres, die ihm öffnete, ob die Señora zu Hause sei. Die von seiner Erscheinung zutiefst beeindruckte Leres bat ihn in den Salon und hieß ihn warten, während sie der Señora Bescheid gab. Tante Conchita hatte sich gerade fertig angekleidet, als das Hausmädchen ihr den Bischof meldete. Meine Tante bekam einen Wutanfall. «Ich habe die Anordnung gegeben, dass diese Vogelscheuche unter gar keinen Umständen in die Wohnung gelassen werden darf, und soweit ich weiß, habe ich den Befehl nie aufgehoben», sagte sie.

Die arme Leres, die das Partizip «aufgehoben» verwirrte, entschuldigte sich und fing fast an zu weinen. Sie habe sich nicht getraut, einem hohen Vertreter der katholischen Kirche die Tür vor der Nase zuzuschlagen. Meine Tante legte Rouge auf, schminkte sich die Lippen, und so gerüstet eilte sie zum Bischof, fest entschlossen, ihn hochkant hinauszuwerfen. Aber auch auf sie machte seine erhabene Erscheinung Eindruck, schließlich verkörperte er, wenn auch nur äußerlich, eine Institution, der gegenüber sie sich üblicherweise demütig und gehorsam zeigte.

«Womit kann ich Ihnen dienen?», sagte sie weniger trocken, als sie sich vorgenommen hatte.

«Señora», erwiderte der Prälat, «vor einigen Jahren zwangen mich widrige Umstände, Ihnen mein Kreuz und meinen Ring zu geben, damit Sie beides für mich verwahren. Nun habe ich mich aus Gründen, die hier nichts zur Sache tun, entschlossen, in meine Diözese zurückzukehren und das Los meiner Gemeinde zu teilen, weshalb ich Sie höflich bitte, so gütig zu sein und mir die genannten Kultgegenstände zurückzugeben.»

Meine Tante war über die Begebenheiten, auf die der Bischof sich bezog, auf dem Laufenden. Die Revolution, die in seinem Land ausgebrochen war, hatte sich den Marxismus auf die Fahnen geschrieben und sich unverhohlen zum Feind der Religion erklärt. In den Augen meiner Tante nahm der Bischof also den Weg eines Märtyrers auf sich. Das rührte sie zutiefst.

«Selbstverständlich, Hochwürden», sagte sie.

Da das Kreuz und der Ring bei ihren Wertgegenständen lagen, schickte meine Tante die Leres hinaus, welche den Verlauf des Gesprächs mit offenem Mund verfolgt hatte. Als das Hausmädchen draußen war, ging meine

Tante zu dem Bild, hinter dem der Tresor versteckt war, und betätigte den Drehmechanismus. Der Bischof zog sich während des Öffnens und Schließens diskret in die andere Ecke des Salons zurück. Nachdem die Operation abgeschlossen war, ging Tante Conchita zu ihm und reichte ihm die beiden in ein Tuch eingeschlagenen Stücke. Der Bischof nahm das Bündel, verstaute es in einer der geräumigen Taschen seines Talars, erklärte seinen Dank und verabschiedete sich. Meine Tante fragte ihn schüchtern, ob sie ihm noch irgendetwas anbieten könne. Der Bischof räusperte sich und sagte, ein Glas Wasser vielleicht, er sterbe vor Durst. Meine Tante eilte hinaus und kam mit einem Tablett zurück, darauf ein Glas, ein Krug kalten Wassers und eine Stoffserviette. Monseñor Putucás leerte das Glas in einem Zug, stellte es aufs Tablett zurück und leckte sich über die Lippen; meine Tante fragte ihn zuvorkommend, ob er nicht noch etwas wünsche.

Darauf nahm der Bischof Haltung an und hob die mit dem Handschuh bekleidete Hand. «Señora», sagte er, «ich möchte nichts von Ihnen. Als ich Sie gebraucht hätte, haben Sie mich auf die Straße gesetzt. Sie stellen sich hin als Christin, aber Sie sind es nicht, denn das Christentum steht für Liebe und Fürsorge, und beides treibt Ihr Handeln nicht an. Sie haben mich aufgenommen aus Eitelkeit und aus Egoismus hinausgeworfen. Ich verurteile Sie nicht. Auch ich habe in meinem Leben schon hochmütig gehandelt. Wäre ich auf die Militärakademie gekommen, ich wäre gern General geworden, und wer weiß, ob ich dann nicht auch die Macht im Land durch einen Putsch an mich gerissen hätte. Aber da ich das Priesterseminar wählte, wollte ich Bischof werden, und dafür waren mir alle Mittel recht. Ich träumte sogar davon, Papst zu werden. Zum Glück hat Gott der Allmächtige es mich nicht ganz so weit bringen lassen. Im Gegenteil: Er erlegte mir harte Prüfungen auf, und ich habe gelernt zu sehen, wo Wahrheit ist und wo Lüge.»

Tante Conchita war verstummt, blass, dem Kollaps nah. Ehe sie wieder die Fassung gewann, war der Bischof aus dem Salon gegangen, den Flur entlang und zur Tür hinaus. Wir sahen ihn nie wieder.

Meine Tante war von den harten Worten des Prälaten so getroffen, dass sie ihrem Mann von dem Geschehenen nichts erzählte. Sie gab vor, sich nicht wohl zu fühlen, schloss sich in ihr Zimmer ein und kam weder zum Abendessen heraus noch um ihre Familie zu begrüßen. Am nächsten Morgen klopfte Onkel Agustín bei Tante Conchita an, und als sie die Schlafzimmertür öffnete, fragte er, ob sie am Abend zuvor jemanden im Salon empfangen habe. Meine Tante sagte, dass Bischof Putucás seine Schmuckstücke holen gekommen sei. Daraufhin wollte mein Onkel wissen, ob der Bischof allein im Salon gewesen sei. Ja, sagte Tante Conchita, nachdem sie die Ereignisse im Gedächtnis rekonstruiert hatte, zweimal, zuerst, als die Leres ihr seinen Besuch angekündigt habe, und dann, als sie ihm ein Glas Wasser holen gegangen sei. «Warum fragst du?», erkundigte sich Tante Conchita voller Unruhe, denn sie hatte den fiebrigen Glanz in den Augen ihres Mannes gleich bemerkt.

«Irgendjemand», zischte Onkel Agustín durch die Zähne, «hat den Tresor geöffnet und die Wertsachen entwendet.»

«Das muss ein Irrtum sein», murmelte meine Tante.

«Ja», sagte Onkel Agustín, «er schwerwiegender Irrtum. Von dir.»

Meine Tante gab zu, dass sie seinerzeit dem Bischof das Versteck mit dem Tresor gezeigt und ihn auch in seiner Anwesenheit geöffnet hatte. Aber das sei lange her, als der Bischof ihr Gast gewesen sei, in den fernen Tagen des Eucharistischen Weltkongresses. Onkel Agustín sagte irgendetwas mit Kruzifix, das meine Tante nicht verstand oder nicht verstehen wollte. Ihr fiel ein, dass sie dem Bischof damals ihren Schmuck gezeigt hatte, und fragte, ob dieser fehle. Mein Onkel machte eine Kopfbewegung, die sie als «ja» deutete, und fiel in Ohnmacht. Dabei wollte mein Onkel ihr das Gegenteil mitteilen: Der Dieb hatte den Schmuck nicht angerührt, sondern nur Bargeld mitgenommen. Immerhin hatte ihre Ohnmacht den Vorteil, dass meiner Tante so der Zorn ihres Mannes erspart blieb. Sie hatte ein schwaches Herz, und Onkel Agustín erschrak, als er sie reglos daliegen sah. Er holte den Arzt der Familie, und der horchte Tante Conchita ab und ordnete an, sie unverzüglich in die Klinik Corachan zu bringen. Der Zwischenfall lenkte meinen Onkel von dem Raub ab, gegen den er auch wenig machen konnte. Bei dem gestohlenen Geld handelte es sich nämlich nicht um Peseten, sondern um französische Francs, Schweizer Franken und Dollars. Ich weiß nicht, ob die Herkunft des Geldes unrechtmäßig war, für den Besitz von Divisen jedenfalls benötigte man eine Genehmigung der Behörden. Mein Onkel hatte wie viele Wohlhabende nur ein begrenztes Vertrauen in die spanische Wirtschaft und einen Teil seines Geldes in harter Währung angelegt, damit es sicher war vor Inflation, Abwertung und anderen Unwägbarkeiten. Darum konnte er den Diebstahl nicht anzeigen. Er sprach mit einem Freund, der einen hohen Posten bei der Polizei innehatte, und dieser klärte ihn auf, was sich der Bischof, nachdem er sein Gast gewesen war, alles geleistet hatte: Besäufnisse, Schlägereien, allen möglichen Ärger und zum Schluss auch noch Drogenhandel, mit dem er sich in der letzten Zeit über Wasser gehalten hatte. Die Polizei kannte und beobachtete ihn, hatte aber aus Rücksicht auf sein bischöfliches Amt davon abgesehen, gegen ihn vorzugehen, zumal seine Verstöße nicht schwerwiegend waren und von ihm auch keine Gefahr auszugehen schien.

Als Tante Conchita wieder auf den Beinen war, kam sie zu uns und überschüttete meine Mutter mit Vorwürfen. Wir seien es gewesen, behauptete sie, die Fulgencio auf die schiefe Bahn gebracht hätten, und als sich herausgestellt hätte, was für ein Bruder er sei, hätten wir sie auch nicht gewarnt und somit den Vertrauensmissbrauch gedeckt, der doch so leicht zu verhindern gewesen wäre. Meine Mutter hörte schweigend zu. Aus dem Zimmer, in dem mein Vater die Stunden verbrachte, drangen die Akkorde eines Schubert-Trios. Mitten in ihrer Litanei stand meine Tante auf und fing an, wie eine Raubkatze im Käfig unseren Flur auf und ab zu gehen, der allerdings so klein war, dass sie immer nur zwei oder drei Schritte in eine Richtung machen konnte. Sie sprach immer lauter, und es brachen immer häufiger Schluchzer aus ihr hervor. Am Ende weinte sie untröstlich. Am meisten ärgere sie, sagte sie, dass sie diesem Gauner auf den Leim gegangen sei, der sie nicht nur beraubt, sondern sich auch noch erdreistet habe, ihr eine moralische Lektion zu erteilen. An diesem Punkt angelangt, ihre Stimme übertönte mittlerweile die Musik, hörte man auf einmal meinen Vater schallend lachen, der offenbar mit dem Ohr an der Tür gelauscht hatte. Als meine Mutter das Lachen hörte, konnte sie sich nicht länger zusammenreißen und fing ebenfalls an zu lachen. Da fielen Tante Conchita die Arme runter, mit denen sie während ihrer ganzen Rede herumgefuchtelt hatte, so als hielte sie in jeder Hand einen Säbel, sie winselte kurz und brach ebenfalls in Gelächter aus. Mein Vater kam aus dem Esszimmer, und alle drei fielen sich in die Arme und lachten aus vollem Hals, bis ihnen die Kraft ausging.

In ihren abwechslungslosen Leben war diese unvorhergesehene und hübsche Begebenheit geradezu ein Geschenk des Himmels.

Es war das letzte Mal, dass die Familie glücklich war. Wenige Wochen später zeigte die Krankheit meines Vaters ihr wahres Ausmaß, und nach einem Monat Dahinsiechen starb er. Kein Jahr später erlitt Tante Conchita einen weiteren Anfall und erholte sich nicht wieder. Der Arzt vermutete, dass der Schmerz über den Tod ihres Bruders ihr eigenes Ende beschleunigt hatte.

Was aus Fulgencio Putucás geworden ist, haben wir nie erfahren. Eine Zeitlang hoffte ich, er würde mir schreiben oder irgendeinen anderen Weg finden, um mir Nachrichten von sich zukommen zu lassen und sich nach mir zu erkundigen. Aber er tat nichts dergleichen, vielleicht weil er nicht konnte. In seinem Land gewann die Revolution immer weiter an Boden, bis die Armee mit Hilfe der Vereinigten Staaten die Rebellen niederschlug. Vielleicht hatte Fulgencio mit dem Geld, das er Onkel Agustín entwendet hatte, eine Schiffspassage gekauft und sich für sein Land eingesetzt. Vielleicht hatte er etwas Geld übrig, das er verwendete, um die revolutionären Kräfte mit Lebensmitteln oder Arzneimitteln oder Waffen zu unterstützen, oder um den Einwohnern von Quahuicha zu helfen. Wenn es so war, war es vergeblich gewesen. Möglich auch, dass Fulgencio bei den blutigen Repressionen, in die der Sieg der Regierung mündete, wie viele andere an die Wand gestellt worden war, dass er sein Leben für die Gerechtigkeit geopfert hatte und von einem Erschießungskommando eliminiert worden war. Möglich auch, dass er sich von dem Erlös des Raubguts eine Passage woandershin gekauft hatte, in ein friedliches Land, an irgendeinen Ort in der Karibik, wo er seine Tage glücklich und geruhsam in einem Schaukelstuhl verbrachte. Aber beide Varianten sind wie jede andere reine Spekulation.

Ich habe Fulgencio immer in warmer Erinnerung behalten, auch wenn ich ihm das, was er Tante Conchita angetan hat, nie verziehen habe. Natürlich hatte er Grund, über sie verärgert zu sein, und dass er sie irgendwann mit schweren Vorwürfen überschütten würde, war unvermeidlich; doch was wahrscheinlich nur ein Wutanfall gewesen war, war für sie eine biblische Verdammung, die ihr Leben zerstörte. Sie verstand nicht, und ich vermochte ihr auch nicht klarzumachen, dass Monseñor Putucás ohne das ganze Blendwerk nichts weiter war als ein armer, einfacher Indio, der ohne Freunde, ohne Geld, seinem Schicksal überlassen worden war, und dass unser gedemütigtes, deprimiertes Spanien dafür bekannt war, dass es gern die Schwächsten für die eigenen Frustrationen bezahlen ließ. So gesehen war auch Tante Conchita ein Opfer, überdies, weil bei ihrer familiären Situation, ihrer sozialen Stellung, ihrem Auftreten und ihrem ganzen Habitus niemand darauf gekommen wäre, sie als ein solches anzusehen.

Nach dem wenigen, was ich nach und nach herausfand, war Tante Conchita in ihrer Jugend keineswegs fromm gewesen. Sie las gern Romane, liebte Musik und ging gern tanzen. Um irgendeiner alten Tante zu schmeicheln, hatte man sie María Concepción getauft, was sie grässlich fand, aber noch mehr hasste sie den Kosenamen Conchita, den sie ihr ganzes Leben nicht loswurde. Offenbar hatte sie in ihrer Jugend einmal das Bestreben gehabt, sich umzubenennen, denn unter den Papieren, die sie bei ihrem Tod hinterließ, befanden sich Briefe an eine Freundin aus Kindertagen, die mit «Gisela» unterschrieben waren.

Der Krieg zerschlug ihre Träume, an denen sie bis dahin festgehalten hatte, und nahm ihr jedes Vertrauen in die Zukunft. Andererseits waren es auch die Wirren des Kriegs, die ihr mit Agustín Voralcamps einen Ehemann zuspielten. Er war mit Sicherheit nicht der, den sie sich erträumt hatte, aber sie griff zu, denn Wesenszüge, Einstellung und das Vermögen ihres Verehrers boten ihr die Möglichkeit, ein Vorhaben zu verwirklichen, das unbewusst in ihr herangereift war. Sobald sie sich ihre sorgenfreie Existenz gesichert hatte, setzte sie alle Energie darauf, die Welt um sich herum zum Erstarren zu bringen, schließlich hatte sie am eigenen Leib erfahren, dass die kleinste Veränderung den größten Schrecken bringen konnte. Um ihr Vorhaben umzusetzen, verzichtete sie auf alles. Sollte sie als junge Frau eine Leidenschaft gehabt haben – im Erwachsenenalter war nichts davon übrig; ich glaube, dass sie mit Ausnahme der Musik an nichts Vergnügen fand; gutes Essen, Reisen, die Gesellschaft von Leuten außerhalb ihres engen Kreises, die kleinen Freuden weiblicher Gefallsucht (Kleidung, Schuhe, Handtaschen, Parfüms), das alles interessierte sie nicht. Der einzige Quell der Freude bestand für sie darin, eine Organisationsform erschaffen zu haben, in der alles nach den immer gleichen leeren Regeln ablief.

Um dieses drastische Vorhaben umsetzen zu können, musste sie die Welt auf die Familie einengen. Das war gar nicht so leicht: Tante Conchita machte sich nichts vor, sie wusste, mit was für Kandidaten sie es zu tun hatte; sie wusste, dass sie mit ihrem Ehemann nicht rechnen konnte und dass zwei ihrer Geschwister Hallodris waren, ein weiterer dumm und der letzte Alkoholiker, aber das alles konnte sie nicht entmutigen. Sie war unter ihnen die einzige Frau, noch dazu die älteste Schwester, außerdem hatte sie Geld, und das hob sie in einer auf Gehorsam abgerichteten Gesellschaft auf eine quasi matriarchalische Machtposition. Mit ihrer Willenskraft erzwang sie über Jahrzehnte das abendliche Zusammensein in dem überladenen Salon, in Erinnerung ist mir die Trägheit der Zusammenkünfte im schwachen Licht der von granatroter Seide beschirmten Glühbirnen, die überheizte Luft im Winter, dazu das Knistern der Scheite im Kamin, im Sommer der nackte Fliesenboden und die offen stehenden Balkone, die weißen Schonbezüge auf Sofas und Sesseln und das rhythmische Rascheln der Fächer. Sie hatte keine Ideologie und keinen Glauben. Sie war auf der Seite der Religion und der Diktatur, weil beide ihr ein Instrument lieferten, um ihren persönlichen Plan zu verwirklichen, aber was außerhalb ihrer vier Wände geschah, interessierte sie nicht, sie lehnte auch jede öffentlichen Meinungsäußerung strikt ab: Nie suchte sie die Nähe der Mächtigen, wie viele Ehefrauen einflussreicher Männer es taten, und außer zu den hohen Feiertagen ging sie auch nicht in die Kirche. Ihr Reich war ihre Wohnung, in der es dunkel war und still.

NACH DEM TOD MEINES VATERS beendete ich die Schule und studierte unter großen Opfern Politologie; danach ging ich ins Ausland, weil ich der Ansicht war, dass es mir gut tun würde, von meiner Familie und von Barcelona Abstand zu gewinnen, wo mich auch nichts hielt: Meine Mutter hatte den Haushalt immer gut geführt und würde auch ohne mich über die Runden kommen. Sie war früh gealtert, aber es war auch eine große Last von ihr abgefallen, und sie führte ein geruhsames und dennoch nicht untätiges Leben: Sie pflegte wieder ihren kleinen Freundeskreis und entdeckte ganz neue Vergnügungen. Wir schrieben uns häufig, ich rief sie manchmal an, und in größeren Abständen besuchte ich sie.

Ich hatte nur einen kurzen Aufenthalt im Ausland geplant, aber ich blieb für immer. Ich heiratete, kaufte ein Haus mit Garten, bekam Kinder, und auch wenn ich meine Vergangenheit in keiner Weise ablehnte, war es doch so, als hätte ich ein zweites, besseres Leben geschenkt bekommen. Eines Tages, ich lebte schon seit ein paar Jahren hier, rief mich ein unbekannter Herr an und teilte mir mit, dass meine Mutter gestorben war. Sie hatte seit längerem Herzprobleme gehabt; der Tod hatte sie überrascht, als sie zu Hause war, kurz vor Mitternacht in ihrem Fernsehsessel. Da alles sehr schnell gehen musste, musste ich allein nach Barcelona reisen, wo ich gerade noch rechtzeitig zur Beerdigung ankam.

Dort traf ich Onkel Víctor, den ich seit meinem Wegzug nicht mehr gesehen hatte. Alt und schwach, wie er war, lebte er inzwischen im Altersheim, zur Beerdigung seiner Schwester hatte er ausnahmsweise Ausgang bekommen. Von ihm erfuhr ich, was aus den anderen Familienmitgliedern geworden war.

Onkel Antón war aus Spanisch-Guinea nach Spanien zurückgekehrt, nachdem die Kolonie 1968 unabhängig geworden war. Als allererstes trennte er sich von seiner Frau, Tante Eulalia, der verhinderten Sängerin, die während seiner langen Abwesenheit offenbar etwas mit ihrem Schwager angefangen hatte, Onkel Fran. Nach der Trennung gaben Onkel Fran und Tante Eulalia ihre Verbindung bekannt, aber da sie diese nach geltendem Recht nicht offiziell anerkennen lassen konnten, zogen sie nach Málaga, wo niemand sie kannte. Onkel Antón machte die Familie für den Verrat seiner Frau verantwortlich und brach mit allen. Allerdings wandte Onkel Víctor völlig zu Recht ein, dass jedermann über die Liaison auf dem Laufenden gewesen sei, weshalb alle davon ausgegangen seien, dass auch Onkel Antón davon gewusst habe; und abgesehen davon hätten sie alle geglaubt, Onkel Antón würde in Guinea längst in trauter Zweisamkeit mit einer Schwarzen leben und sich an einer Schar kleiner Mulatten erfreuen. Daraufhin versetzte Onkel Antón ihm einen Faustschlag und drohte ihm mit einer Anzeige wegen Verleumdung. Nachdem Onkel Agustín vermittelt hatte, ließ er von einer Klage ab, redete aber mit keinem seiner Verwandten mehr ein Wort. Kurz nach dem Zwischenfall stürzte Onkel Agustín schwer und brach sich mehrere Knochen, mit dem Ergebnis, dass er ein zweites Mal heiratete, und zwar eine dreißigjährige Krankenschwester. Da meine Cousins sich mit ihrer neuen Stiefmutter nicht arrangieren konnten und Onkel Agustíns Stern mit dem Herannahen der Demokratie auch zu sinken begann, gingen sie einer nach dem anderen zu ihrem Vater auf Abstand. Das Mädchen, das in meinem Alter war, hatte einen belgischen Ingenieur geheiratet und lebte in Kuwait; der ältere der beiden Jungen war Notar in Valencia geworden; den anderen hatte Onkel Víctor aus den Augen verloren. Keiner von ihnen hatte ihn je besucht. Auch ich nicht, und auf einmal schämte ich mich dafür und erinnerte mich an die Zeit, als Onkel Víctor jeden Nachmittag meinen Vater in der Klinik und später zu Hause besuchen kam, um mit ihm spazieren zu gehen. Auf diese Weise fiel die Sippe auseinander, die Tante Conchita mit so viel Energie zusammengeschweißt hatte.

Nach der Beerdigung verbrachte ich noch ein paar Tage in Barcelona und regelte ein paar Dinge, die aufgrund des überraschenden Ablebens meiner Mutter offengeblieben waren.

Als erste Maßnahme suchte ich die Wohnung auf, in der sie gestorben war und in der sie seit meinem Weggehen gelebt hatte. Sie war so klug gewesen, unsere alte Wohnung aufzugeben, ihre Größe hätte ihr nur Arbeit gemacht, und so konnte sie auch sicher sein, dass die dort wohnenden Geister sie nicht in ihren einsamen Nächten aufsuchen würden. Ohne irgendjemandes Hilfe fand sie eine kleine, günstige Wohnung, die hell war und gut geschnitten, Zugang zu einer Dachterrasse hatte und einen weiten Blick. Nebenbei bot ihr der Umzug eine elegante Möglichkeit, sich aller Dinge zu entledigen, die sie mit der Familie meines Vaters verbanden. Als ich in die Wohnung trat, war ich bestürzt, wie schäbig alles aussah, obwohl ich sie einige Male dort besucht hatte, war mir das nie aufgefallen, und ihr offenbar auch nicht. Die Möbel waren unbrauchbar, überhaupt alles, und ich musste feststellen, dass meine Mutter tatsächlich nichts aufbewahrt hatte, das irgendeinen Erinnerungswert besaß. Nur ganz hinten in einer Schublade fand ich ein altes Heft. Ich erkannte es sofort, es war genau so ein Heft, wie ich es hundertfach für meine Schulaufgaben verwendet hatte. Als ich es aufschlug, sah ich, dass nur wenige Seiten vollgeschrieben waren, allerdings nicht von meiner Hand, sondern von einer anderen, deren unsichere Schrift ich gleich erkannte. Die ersten Seiten enthielten belanglose Notizen: Der Pisuerga ist ein Nebenfluss des Duero; Carlos I folgte Felipe II auf den Thron; die sieben Todsünden sind Zorn, Völlerei, Verschwendung, Geiz, Hochmut, Faulheit und Neid. Es folgten ein paar Seiten mit persönlichen Aufzeichnungen, ähnlich lose hingeworfene Tagebucheintragungen: Gestern ging Gott sei Dank der Korea-Krieg zu Ende; gestern Nachmittag Kubala auf der Straße getroffen. Auf der nächste Seite, in zittrigen Buchstaben: Die Hexe verwahrt ihren Schatz hinter einem Bild im Salon. Und auf der nächsten: Die Kombination des Tresors ist 7–12–93–25. Die letzte Eintragung lautete: Moby Dick, der Riesenwal, war in Barcelona zur Verstörung der Bösen und Erbauung der Guten, vorgestern ist er abgehauen, und ich mit ihm.

Ich überlegte, wie dieses Heft nach Fulgencios Verschwinden in die Hände meiner Mutter gelangt sein konnte, und vor allem, warum sie von den vielen denkbaren Erinnerungsstücken aus jener Zeit ausgerechnet dieses Heft behalten hatte. Aber alle Mutmaßungen, die ich anstellte, liefen ins Leere. Also beschloss ich, nicht weiter über die Angelegenheit nachzudenken; ich legte das Heft zu den anderen Dingen, die für den Müll bestimmt waren, schloss die Wohnung ab, gab den Schlüssel beim Hausbesitzer ab und reiste so bald wie möglich zurück in mein neues Zuhause.

Titel der Originalausgabe: *La ballena*

Im spanischen Original ist *La ballena* Teil eines Bandes
mit drei Texten, der unter dem Titel
Tres vidas de santos bei Editorial Seix Barral,
Barcelona, erschien.

1 2 3 4 5 19 18 17 16 15

Herstellung: Andrea Mogwitz und Rainald Schwarz
Satz: Gaby Michel, Hamburg
Druck und Bindung: CPI – Ebner & Spiegel, Ulm
ISBN 978-3-312-00646-5
Printed in Germany

FSC www.fsc.org
MIX
Papier aus verantwortungs-
vollen Quellen
FSC® C006701